# 公爵は甘やかな恋人

「やっ、ぼくだけだなんて……っ」

　柚希はシャツが腕に絡まっているだけで、ほとんどの素肌をさらしている。

　おまけに、もの欲しげに中心を勃たせた淫らな姿なのに、
エドワードの方はいまだにダークスーツを身に着けたままだ。

「恥ずかしいのか？」

# 公爵は甘やかな恋人

秋山みち花

16626

角川ルビー文庫

# 目次

口絵・本文イラスト／高座 朗

# 1

成田国際空港の登場ゲートには大勢の乗客が集まっていた。

ファーストクラスから順に搭乗を促《うなが》すアナウンスがあると、人々は列をなしてゲートの中へと吸いこまれていく。

「お客様、そろそろ最終のご案内となりますので」

連結したクリーム色の椅子《いす》に腰《こし》を下ろした森川柚希《もりかわゆずき》は、遠慮《えんりょ》がちに声をかけられて僅《わず》かに上向いた。

きりりとしたショートヘアのフライトアテンダントが、はっとしたように息をのむ。

フライトアテンダントは、柚希のきれいな顔立ちに驚《おどろ》いたのだ。けれど白く整った顔が今はひどく青ざめて、形のいい唇《くちびる》にも血の気がない。そのくせ黒い瞳《ひとみ》は熱を帯びたように潤《うる》んでいる。全体的に壊《こわ》れやすい作り物のような美しさだ。

「ご気分が悪いのでしょうか？」

「あ……いえ、なんでも……すみません。すぐに移動します」

フライトアテンダントに心配そうに覗《のぞ》きこまれ、柚希は強《こわ》ばった頬《ほお》を無理やりゆるめながら、床《ゆか》に置きっぱなしだった黒のキャリーカートに手を伸《の》ばした。

ロンドン行きの最終便になるはずだ。このフライトを逃《のが》すわけにはいかない。たとえ死にそうなほど気分が悪くとも、乗りこまなければならなかった。

柚希は真っ青な顔のままでそろそろと搭乗ゲートに向かった。手を貸そうかと言ってくれたフライトアテンダントにかすかな笑《え》みを向けて首を振《ふ》る。

だがボーディングパスを渡《わた》して薄暗《うすぐら》い連結アームの中に入ると、またいちだんと気分が悪くなってきた。ゴム素材のふわふわとした床が不安定に感じられて、目眩《めまい》までしてくる。

原因は恐怖《きょうふ》だった。

二十二歳にもなったいい大人のくせに、飛行機が怖《こわ》い。

でも、乗るしかなかった。別に飛行機に乗るのが生まれて初めてというわけでもない。おまけにロンドンへ行くのは仕事のためだ。

ロンドンに本社を置く『ランドール』は、金融《きんゆう》や貿易をメインとした巨大企業《きょだいきぎょう》だ。ロンドン本社で日本人スタッフを採用することになり、東京でその入社試験が行われた。競争率は恐《おそ》ろしいほどで、柚希が難関を突破《とっぱ》できたのは奇蹟《きせき》に近い。

入社日は明日と迫《せま》っているのに、ロンドン行きに伴《ともな》う煩雑《はんざつ》な手続きに時間を取られてしまった。出社に間に合わせるには、もうこのフライトしかない。

かねてより、柚希はどうしてもロンドンで仕事を得たいと思っていた。だから二重の意味でこのフライトは逃せなかったのだ。

柚希は壁《かべ》に手をついて揺《ゆ》らぐ身体《からだ》を支え、気力を振り絞《しぼ》るようにのろのろと歩を進めた。濃紺《のうこん》のスーツを着た背中には、いやな冷《ひ》や汗《あせ》も伝っている。

前方でぱっくり口を開け、柚希をのみこもうとしているもの……あれは鉄の塊《かたまり》で、本来なら空になど浮《う》かぶはずもないものだ。あの中に吸いこまれてしまえば、たとえ何があったとしても、逃《に》げられなくなる。

柚希の父がそうだったように、助けを求めてどんなに叫《さけ》ぼうとも、逃げだせなくなるのだ。

いや、大丈夫《だいじょうぶ》。科学的な理論を思いだせばいい。推進力とか浮力《ふりょく》とか揚力《ようりょく》とか……それに飛行機事故など、地上や海上のそれに比べれば、起きる回数だって微々《びび》たるものだ。むしろ車を運転している時の方が危険だと思う。

わかっている。わかっているけれど……それでも、父さんは死んだ。鉄の塊の中で、どこにも逃げられずに……。

父のことを思いだしたとたん、急に息が詰《つ》まり、視界がぶれた。気持ち悪さが頂点に達し、もうまともに立っていられない。

ぐらりと前にのめり、そのまま床に倒《たお》れるかと思った時、柚希の身体はふいに力強い腕《うで》で抱《だ》き支えられた。

「大丈夫か?」

耳に届いた声はクリアーなクイーンズ・イングリッシュだった。低く、耳朶《じだ》をくすぐるような響《ひび》きを持った魅力《みりょく》的な声だ。

柚希が胸を喘《あえ》がせながら顔を上げると、支えてくれたのは長身の外国人だった。世界中を飛びまわるビジネスマンなのか、指に触《ふ》れたスーツの生地《きじ》はとても上質のものだ。

「お客様? お客様? 大丈夫ですか? すぐ、医務室にお連れしますので」

これはフライトアテンダントの声だ。乗客が倒れて慌《あわ》てている。

「ま、待って……すみません、大丈夫ですから」

柚希は焦《あせ》り気味に答えた。

今すぐしゃんと自力で立たないと、置いていかれる。なんとしてもこの便を逃すわけにはいかない。

「でもお客様、お医者様に診《み》ていただいた方がよろしいのではないですか?」

「だ、大丈夫です。ぼくは病気じゃありません……ただ、ちょっと気分が悪いだけで」

「けれど、このままでは……」

仕事熱心なフライトアテンダントは心配そうに何度も声をかけてくる。

「お願いです。ぼくはどうしてもこの便に乗らなくてはいけないんです」

柚希も懸命《けんめい》になって頼《たの》みこんだ。

「どうしても、この便に乗りたいのか?」

頭の上から突然響いてきた声で、柚希ははっと我に返った。

夢中で交渉《こうしょう》していたのはいいが、長身の男に横から抱き支えられたままだった。

こんなところで倒れるなど、情けないにもほどがある。それだけじゃない。倒れるところを助けられたのに、まともに礼さえ言っていなかった。

柚希はかっと湧《わ》き起こった羞恥《しゅうち》に頬を染めながら、男の顔を見上げた。そして再び息をのむ。

驚くほど美形の男だった。きれいにカットされた金髪《きんぱつ》が、自然な感じで端整《たんせい》な顔を縁取《ふちど》っている。貴族的な高い鼻梁《びりょう》と形のいい眉《まゆ》。双眸《そうぼう》はといえば、視線を合わせたとたん、吸いこまれてしまいそうなほどの青さだ。

「君は、どうしても、この便に、乗りたいのか?」

男は同じ質問を発した。英語が理解できないと思われたのか、今度は単語をひとつずつ区切って確認《かくにん》される。

柚希は焦りを覚えつつ口を開いた。

「はい、ロンドンで用事が……大切な用があります」

声は掠《かす》れていたが、クリアーな発音で答えると、男の顔にやわらかな笑みが浮かぶ。

「それなら仕方ない。私と一緒《いっしょ》に来なさい」

「え? あっ!」

何を言われたのか理解する暇《ひま》もなく、ふわりと身体が浮いた。男は柚希を軽々と横抱《よこだ》きにして、前へと進み始めたのだ。

「ま、待ってください！」

大の男が男に抱かれて運ばれるなど恥《は》ずかしさの極《きわ》みだ。柚希は身をよじったが、男は悠々《ゆうゆう》と歩いていくだけだ。

「時間が惜《お》しい。大人しくしていなさい……それから、君、彼は私が責任を持って面倒《めんどう》をみる。それでいいな？」

「はい、かしこまりました。ユア・グレイス」

男の口調は命令し慣れた者のそれだ。フライトアテンダントもことさら丁寧《ていねい》に答えている。それもそのはず、『ユア・グレイス』——とは、貴族、それも公爵《こうしゃく》に対する尊称《そんしょう》だ。

ヨーロッパには元貴族という人間が大勢いる。しかし法的にも認められた英国の貴族は別格で、称号《しょうごう》は今でも実際に使われていた。

実を言えば、柚希にも個人的な貴族の知り合いがいるのだが、それでも同じフライトで正真《しょうしん》正銘《しょうめい》の貴族に行き合うのは極めて珍《めずら》しいだろう。

驚きで声も出せずにいる間に、男は力強い足取りで飛行機の中へと入っていく。

ふわりと下ろされたのは、ファーストクラスのゆったりとしたシートだった。

フライトアテンダントの手で座席が倒されて、柚希はそこで仰向《あおむ》けに寝《ね》かされる。

「離陸《りりく》の時は私が座席を起こしてあげよう。それまで横になっているといい」

「あ、あの……ぼくは、その……」

柚希は慌て気味に視線を彷徨《さまよ》わせた。

エコノミーのチケットしか持っていないのに、ずうずうしくファーストクラスの席に居座っていていいものかどうか、判断がつかなかった。

「席のことなら気にするな。このクラスは全部買い切ってある。無粋《ぶすい》な邪魔《じゃま》が入ってはたまらないからな」

「席を買い切った……？」

柚希は呆然《ぼうぜん》とハンサムな公爵を見つめた。

「ああ、そうだ。いつもはチャーター便しか使わないのだが、予約していた機に整備の不具合があったとかで、仕方なく……」

微笑《びしょう》とともに気軽にそんなことを説明されても、驚《おどろ》きは増すばかりだった。それに、ほかにも細かいことが気に掛《か》かってくる。

「でも、ほかのお客様は？　この機のファーストクラスに乗る方は、ほかに誰《だれ》もいなかったのですか？」

つい、よけいことを訊ねると、公爵は困ったように笑みを深くする。

「さあ、そこまで詳《くわ》しくは聞いていない。そこにいる私の秘書が直接交渉したのではないか？」

公爵は近くで控《ひか》えていた長身の男にちらりと視線を送った。

柚希がつられて振《ふ》り返ると、ダークスーツに眼鏡《めがね》をかけた、いかにもやり手といった感じの男が、黙《だま》ったままで頷《うなず》く。

それが先ほどの問いに対する答えだとすると、この秘書らしき男はごく短時間で、ファーストクラスの乗客全員からチケットを譲《ゆず》らせるという離《はな》れ業《わざ》をやってのけたことになる。

秘書の手腕《しゅわん》も驚きだったが、フライトの間は他人に邪魔されたくない――たったそれだけの理由でここまで徹底《てってい》する必要があるのだろうか？

この公爵は、おそらく途方《とほう》もない金持ちなのだ。

柚希は早々に考えることを放棄《ほうき》した。金持ちのやり方など、庶民《しょみん》には理解できるはずもない。それにさっきよりずいぶんましになっていたが、まだ胃のあたりがむかむかしている。

「それでは申し訳ないですが、お世話になります」

柚希はそう言って、そっとまぶたを閉じた。

お礼《れい》はロンドンに着いてから、また改めてすればいいだろう。今は好意に甘えよう。

公爵は何も言わずに、柚希の右隣《みぎどなり》に座りこんだ。ファーストクラスを買い切ったというのに、わざわざ隣《となり》の席を選んだのは、自分を心配してのことだろうか。

搭乗機《とうじょうき》は滑走路《かっそうろ》に向けて移動を始めた。ガタガタと振動《しんどう》が伝わってくるが、これはまだ車輪が地面についているせいだ。けれど、この鉄の塊はそのうち空に飛び立つ。

いくら考えないようにしようと思っても、小刻みに身体《からだ》が震《ふる》えてくる。柚希は必死に両手を握《にぎ》りしめた。

父の乗った飛行機が海中に墜落《ついらく》したのは、もう十二年も前の話だ。

国際線の機長だった柚希の父は、その朝、いつもと同じ笑顔《えがお》で出かけていった。

しかしフライトの途中《とちゅう》で、父の飛行機は乱気流に巻きこまれてエンジントラブルを起こし、海面に胴体《どうたい》着陸するという事態に陥《おちい》った。幸いにも誰ひとり大きな怪我《けが》を負うこともなく、乗客はすぐさま機体の外に誘導《ゆうどう》されて救助が来るのを待った。しかし、父と副操縦士だけは、最後まで機内に残っていたため、機体とともに海の底に沈《しず》んでしまったのだ。

柚希はその時まだ小学生だった。担任が真っ青な顔で柚希を自宅へと連れ帰り、そこからは母の小百合《さゆり》と一緒に父が勤めるエアラインの本社まで行って知らせを待った。

父が助からなかったという最悪なニュースが届き、母は柚希を抱《だ》きしめたままで気を失った。柚希はずっと震え続けていただけだ。衝撃《しょうげき》が強すぎて、何が起きたのかよくわからなかった。

それからのことは、まるで霧《きり》の中にいたように記憶《きおく》が薄《うす》れている。そして柚希の身には、飛行機を怖《こわ》がるという後遺症《こういしょう》が残《のこ》ったのだ。

カウンセリングを受け、その後も飛行機に乗る機会があれば、逃《に》げずに頑張《がんば》ってみた。最初のうちはひどい吐《は》き気と目眩《めまい》で死にそうだったが、それでも何度もくり返していれば徐々《じょじょ》に身体が慣れてくる。

今ではもうほとんど治ったものと思っていたくらいなのに、よりにもよって今日という大事な日に、こんなひどい発作《ほっさ》が起きるとは最悪だった。

「大丈夫《だいじょうぶ》か？　少しつらいかもしれないが、離陸の時は座席を元に戻《もど》す決まりだ。ちょっと我《が》慢《まん》して」

隣の公爵が宥《なだ》めるように言いながら、柚希のリクライニングを直した。

エンジンが稼働《かどう》する騒音《そうおん》の中で、離陸のアナウンスが流れている。

「すみません……ぼく……」

「気にしなくていい。君はもしかすると、飛行機が怖いのか？」

真顔で訊ねられて、柚希は恥ずかしく思う余裕《よゆう》もなく、こくりと頷いた。

すると公爵は、指先が白くなるまで握りしめていた柚希の手を包みこんでくれる。

「大丈夫。怖いのは離陸の時だけだ。水平飛行に移ればさほど揺《ゆ》れもない。こうして抱きしめていてあげるから」

「あ……」

柚希の頭に公爵の左手がかかり、そのまま胸の方へと誘導される。右手はしっかりと握られたまま、柚希は身体を斜《なな》めにねじる体勢で、公爵の胸に顔を伏《ふ》せた。

スーツの上質な生地《きじ》が頬《ほお》に触《ふ》れてくすぐったかった。公爵の心臓の鼓動《こどう》が力強く伝わってくる。

「私の心臓の音が聞こえるか？」

「はい……とても大きく……」

「私も離陸の時は毎回のように緊張《きんちょう》する。君と同じだ」

公爵はくすりと笑いながら、柚希の髪《かみ》に長い指を滑《すべ》らせてきた。

まるで子供に対するように髪を掻《か》きまぜられると、不思議と気持ちが落ち着いてくる。

これからロンドンで就職するというのに、本当に子供時代に戻ってしまったかのようだ。

けれど、この安心できる温《ぬく》もりからは離れたくない。

搭乗機が急激に上昇《じょうしょう》し、何度か旋回《せんかい》をくり返す。そのたびに機体は大きく揺れたが、柚希はずっと公爵にもたれたままで恐怖《きょうふ》をやり過ごした。

「さあ、もう大丈夫だろう。水平飛行に移ったようだし、ベルト着用のサインも消えた。今日は穏《おだ》やかなフライトになるという話だから、安心するといい。そろそろ君の座席をまたリクライニングにしてあげよう」

穏やかな声音《こわね》で言われ、柚希は初めて我に返った。

ほんの少し前までは会ったこともなかった人に、ひどい甘え方をしてしまった。忘れていた羞恥《しゅうち》が蘇《よみがえ》り、柚希は慌《あわ》てて公爵の胸に埋《うず》めていた顔を上げた。

「す、すみません！　ぼく……っ」

「別に慌てることはない。君に抱《だ》きつかれているのは、なかなかいい気分だった。私はずっとこのままでもいいくらいだが」

冗談《じょうだん》ぽく言われ、また頬が熱くなってくる。

「ぼくは……すみません。子供みたいに……」

「君はほんとにかわいい反応をする。席に誘《さそ》ったのは失敗だったかもしれない」

「え？」

「いや、なんでもない」

柚希がきょとんとして訊き返すと、公爵《こうしゃく》は何故《なぜ》か焦《あせ》ったように咳払《せきばら》いをした。しかし、すぐに目元をゆるめて話を続ける。

「とにかく少しは顔色もよくなってきたようだ。何か飲み物でも貰《もら》うといい。君は何がいい？」

「あ、じゃあミネラルウォーターをお願いします」

確かに喉《のど》が渇《かわ》いている気はしたが、味つきのものはまだ受けつけないかもしれない。

公爵はゆるく片手を上げてフライトアテンダントを呼んだ。

すかさずやってきたのは制服を着た日本人男性で、いかにもベテランといった雰囲気《ふんいき》のフライトアテンダントだった。その横には先ほどの眼鏡の秘書も一緒《いっしょ》に控えている。彼もまた公爵の用を聞こうという体勢だ。

「彼にはミネラルウォーターを。私はコニャックだ」

「かしこまりました。何か銘柄《めいがら》の指定はございますか？」

「ミネラルウォーターは癖《くせ》のないものがいいだろう。コニャックはヘネシー、クラスが上のものを」

「かしこまりました」

フライトアテンダントが去っていくと、入れ替《か》わりで秘書がそばに立つ。

「予定をキャンセルして、仕事の続きをやるのはロンドンに到着《とうちゃく》してからだ。皆《みな》にもフライト中はゆっくり休息を取るように伝えろ」

「はい、承知いたしました」

秘書は丁寧《ていねい》に腰《こし》を折ってから離れていく。

柚希は今の会話を耳にして、ふと不安を覚えた。よく見てみれば、離れた席には何人かの英国人らしき男たちがいる。

席を買い占《し》めたのは、フライト中にも仕事を進めるためだったのだろうか？

それなのに、柚希というお荷物を抱《かか》えてしまったために、打ち合わせをキャンセルした？

それ以外に考えつかなくて、とても申し訳ない気持ちになる。

「あの、ご心配をおかけしましたけれど、ぼくはそろそろ後ろの席に戻ります」

柚希は遅《おく》ればせながらそう言って、シートベルトの金具に手をかけた。

「今さら、何を言いだすのだ？」

「すみません。でも、気分もよくなってきましたし、お仕事のお邪魔《じゃま》をしては申し訳ないので」

柚希の言葉に、公爵は僅《わず》かに端整《たんせい》な顔をしかめた。

「君がそんなことに気を遣《つか》う必要はない」

「でも、ご迷惑《めいわく》をおかけするのは、心苦しいので」

「いつも仕事仕事で、このところゆっくりしている暇《ひま》もなかった。私にとってもいい骨休めになるのだから、よけいな気遣いは無用だ」

公爵の声には苛立《いらだ》たしさが混じっている。

せっかく親切に言ってもらっているのに、それをむげに断るのは気が引けた。

「それでは……お言葉に甘えさせていただきます」

柚希がそう答えると、公爵の顔にようやく満足そうな笑《え》みが浮《う》かぶ。

厳しい表情の時は怖いほどなのに、微笑《ほほえ》まれただけでどきりとなった。それと柚希の胸にはいつの間にか、もう少しこの人のことを知りたいという気持ちも芽生えていた。

しばらくして、頼《たの》んだ飲み物が運ばれてきた。

さすがにファーストクラスだけあって、トレイやグラスも質のよいものが使われている。

柚希は出されたミネラルウォーターで喉を潤し、ふうっと息をついた。

「ところで、君の名前は？」

「あっ、失礼しました。ぼくは森川柚希です。ユズキ・モリカワ」

わかりやすく言い直すと、公爵はまたあのとろけるような笑みを浮かべる。

「ユズキ……だね？」

「はい」

外国人には難しい発音のはずだが、呼ばれた名前には少しも癖がない。

「私はエドワードだ」

「エドワード……」

ファミリーネームはなかったが、柚希はしっかりと噛《か》みしめるように公爵の名を口にした。

貴族はもっと偉《えら》そうにしているものだと思っていたが、エドワードの物腰《ものごし》は終始やわらかい。

外国人に対する偏見《へんけん》もなくて、とても公正な人のようだ。

柚希はふとグレアム伯爵《はくしゃく》家の傲慢《ごうまん》な兄弟を思いだして頭を振《ふ》った。

エドワードは彼らとは違《ちが》う。比べるのも失礼なぐらいだ。

こんなきれいな顔立ちをした人は滅多《めった》にいないと思う。見つめていると、同性の自分ですら心臓がどきどきするほどだ。そのうえ完璧《かんぺき》に近いほど優《やさ》しくて、しかも富豪《ふごう》だというのだから、公爵の恋人《こいびと》はさぞ幸せだろう。いや、公爵は三十前後に見えるから、もしかしたらもう結婚《けっこん》しているかもしれない。

そんな想像をすると、何故かそのあと気持ちが沈《しず》みこむ。

「ユズキはこのフライトにこだわっていたが、ロンドンでよほど大事な用があるのか？」

「はい、ぼくはロンドンで就職が決まったんです」

「就職、だと？　君はいったいいくつだ？」

　エドワードが驚《おどろ》いたように青い目を見開く。

　日本人は若く見られることが多い。きっと柚希も十代だと思われたのだろう。

「ぼくは二十二歳です。この春、東京の大学を卒業しました」

「二十二？　そうか、なるほど……道理で学生にしては落ち着いていると思った。それでロンドンでの就職先は？」

「ランドールのロンドン本社です」

　隠《かく》すことでもないのでさらりと明かすと、エドワードはまたびっくりしたように眉《まゆ》を上げる。

「ランドール……？」

「ええ、貿易部門でアジア方面の仕事をやることになると思います」

「まさか、偶然《ぐうぜん》にしてはできすぎ……いや、もしかしてこれは運命か……」

　エドワードは謎《なぞ》めいた言葉を呟《つぶや》き、食い入るように柚希を見つめてきた。

　しかし、なんのことか問い返そうとした時に、突然《とつぜん》大きく機体が揺《ゆ》れる。

「ひっ……！」

　柚希は声にならない悲鳴を上げた。

　胃の腑《ふ》がいっぺんに迫《せ》り上がり、口から飛びだしそうになった。

　身体《からだ》がぐうっとシートに沈みこんでいく感じがあって、次の瞬間《しゅんかん》には逆にざっと浮き上がる。

すべて慣性の法則に従っての動きなら、この鉄の塊《かたまり》は落下している！

掛《か》け値《ね》なしの恐怖《きょうふ》で、柚希は蒼白《そうはく》になった。

別にたいしたことじゃない。このぐらいの揺れでは墜落《ついらく》などしない。大丈夫《だいじょうぶ》。大丈夫。

どんなに自分に言い聞かせても、身体の震《ふる》えが止まらなくなった。体温が急激に低下して歯がカチカチと鳴り始める。

「ユズキ！　ユズキ！　大丈夫だから」

隣《となり》からエドワードの長い腕《うで》が伸《の》び、柚希はしっかりと抱《だ》きしめられた。

境にあった肘掛《ひじか》けは跳《は》ね上げられており、柚希の細い身体は完全にエドワードの胸に収まる。

「あっ……いやだ……っ」

柚希は恐怖を振り払《はら》えずに、エドワードの胸に縋《すが》りついた。仕立てのいいぱりっとしたシャツを両手でぎゅっと握《にぎ》りしめる。

「気流の悪いところを通過しているだけだ。すぐに収まる」

エドワードは子供をあやすように柚希の背中を叩《たた》いた。

それでも恐怖の発作《ほっさ》はなかなか治まらない。

「身体が冷えている。少し気付けが必要だな」

そう言ったエドワードは、ほんの少しの間だけ片手を離《はな》してコニャックを口に含《ふく》んだ。

次にその手が戻《もど》ってきた時、柚希はくいっと顎《あご》をつかまれて上向かされた。

そのまま唇《くちびる》を塞《ふさ》がれる。

「……んっ……んぅんっ」

どうしていきなりキスなんか！

訳がわからず、柚希は激しく抗《あらが》った。けれどエドワードの手で頭部を固定され、しっかりと口づけられてしまう。

エドワードの舌が窺《うかが》うように固く閉じた入り口をつつく。

「……んぅ……ぅ」

思わず大きく喘《あえ》いだ瞬間、口中に刺激《しげき》の強い液体が注ぎこまれた。

塞がれた口はそれで自由になったけれど、喉《のど》の奥まで焼けつくように熱くなる。

激しく咳《せ》きこむと、エドワードがまた優しく背中を叩いてくれた。

「大丈夫。コニャックをひと口だけだ。それで身体が温かくなるはずだ」

「あ、……エドワード……」

キスされたと勘違《かんちが》いした柚希は真っ赤になった。

エドワードは気付けでコニャックを飲ませてくれただけだったのに。

「そう、大丈夫だから……」

いつの間にか目尻《めじり》に滲《にじ》んでいた涙《なみだ》を、長い指ですうっと拭《ぬぐ》われる。喉の痛みはすぐに薄《うす》れ、代わりに胃の腑からかっと熱くなっていた。

「このまましばらく抱《だ》いていてあげよう」

「すみません……ぼくは……」

柚希はそう言いながらも、縋りついた胸から離れられなかった。

大学の仲間から誘《さそ》われて酒を飲む機会はあったが、アルコールはそう強い方ではない。でも舐《な》めた程度のコニャックで酔《よ》ってしまうとも思えなかった。

だから身体がふわりと浮いてしまったように心許《こころもと》ないのも、きっと発作のせいだ。

心臓が早鐘《はやがね》のように高鳴って、息を吸うのも苦しい気がする。

柚希はエドワードのスーツを握りしめたままで、細い喉をさらすように顔を上げた。

空のように澄《す》みきった瞳《ひとみ》が、信じられないほど近くにあって、またひとつ高く鼓動《こどう》がする。

「……あ……」

柚希は大きく胸を上下させながら吐息《といき》をついた。

すると、形のよい口が近づいてきて、そっと唇を塞がれる。

「んっ……ぅ……っ」

思いがけない感触《かんしょく》に柚希はさらに胸を喘がせた。同時に甘い息がこぼれてしまう。

押しつけられているのは、エドワードの唇だ。

本当に、キス、されている。

どうして……？

頭が混乱して何も考えられなかった。いやだと拒否《きょひ》する気にもなれず、柚希はじっとしたままでエドワードのキスを受け入れた。

「思ったとおり、とても甘い唇だ」

「あ……」

ほんの少し唇を離しただけで囁かれ、かっといっぺんに羞恥《しゅうち》にとらわれる。

潤《うる》んだ目で、エドワードの青い瞳を見つめていると、掠《かす》れたような声で問われた。

「いやじゃなかったようだな……キスが好き？」

「ちが、……んっ」

違う。

そう言う暇《ひま》さえなく、また唇を強く塞がれる。

今度のキスは唇を合わせるだけでは済まなかった。エドワードの濡《ぬ》れた舌で唇の表面もねっとりと舐められてしまう。

びくりとすくむと、エドワードの両手が頬《ほお》にあてられ、よけいに深く口づけられてしまうことになった。

「ん、……んぅ……ん、ふ……ぅ」

懸命《けんめい》に息を継《つ》いでいると、僅《わず》かな隙間《すきま》から舌先が中にまで滑《すべ》りこんでくる。

舌と舌が触《ふ》れ合う感触に、柚希はまたぶるりと震えた。エドワードの指が黒髪《くろかみ》の中に潜《もぐ》りこんで、宥《なだ》めるように梳《す》き上げられる。

「ぅん……く、ふ……っ、ぅ……」

ぬめった舌が絡《から》み合うと、身体の芯《しん》でじわりとした疼きが生まれた。

こんなキスは初めてだ……。

気持ちがいい……。

身体がさらに熱くなり、酸欠を起こしたように頭まで霞《かす》んできた。それでも、キスされるのが少しもいやじゃない。

「……んっ……ぁ……っ」

ようやく口づけを解かれた時は、つうっといやらしく唾液《だえき》が糸を引いた。

エドワードは親指で柚希の濡れた唇を拭いながら、ほっとしたように息をつく。

「よかった……急に身体が冷たくなったから心配した。少しは体温が戻ったようだな」

間近でじっと覗《のぞ》きこまれ、柚希ははっと我に返った。

ちょっと機体が揺れただけでパニックを起こし、キスまでされてしまったのだ。

しかも、とっさの治療《ちりょう》のためのキスだったのに、勘違いして、気持ちいいなどと……！

どんなに呆《あき》れられたかと思うと、恥《は》ずかしくていたたまれない。

「ご、ごめんなさいっ！」

柚希は耳まで赤くしながら身をよじった。エドワードの胸を押しやり、少しでも距離《きょり》を取ろうとしたが、シートベルトに阻《はば》まれて、席から離れるまでには至らない。

でも、このままエドワードの隣に座っているわけにはいかなかった。

「ユズキ、どうした？　何をそんなに慌《あわ》てている？」

「は、離してくださいっ！　ぼ、ぼくに触《さわ》らないで……っ」

腕をつかまれ、柚希はそのエドワードの手を強く振《ふ》り払った。

「落ち着きなさい。大丈夫だから」

やわらかく叱責《しっせき》され、柚希は泣きそうになった。

エドワードが今度は背中からそっと抱きしめてくる。長い腕の中に閉じこめられてしまえば、もうどこにも逃《に》げようがなかった。

「いきなりキスしたから怒《おこ》ったのか？」

柚希は激しく首を振った。

「違《ちが》うなら、どうして慌てている？　ああ、そうか。キスで気持ちよくなってしまったのだろう？　大丈夫だ。私がちゃんと最後まで責任を取ろう」

「やっ……！」

耳に直接吹《ふ》きこむように囁《ささや》かれ、柚希は再びパニックを起こしそうになった。

キスで身体《からだ》が熱くなってしまった。恥ずかしげもなく、下肢《かし》まで変化させてしまったのだ。

それをエドワードは知っている。

「んっ」

耳をべろりと舐められて、柚希は思わず首をすくめた。

そのあとやわらかな耳朶《みみたぶ》に軽く歯が立てられる。ぞくりとした瞬間《しゅんかん》、その耳朶が全部エドワードの口中に含まれた。

「あ、……んっ」

ぞくりとした疼きが小刻みな震《ふる》えに変わり、耳から身体全体に伝わっていく。

エドワードの口は耳を離れ、今度は敏感《びんかん》な首筋へと舌が這《は》わされた。

「や、駄目《だめ》……っ」

柚希は押し殺した悲鳴を上げながら、身体をよじらせた。

「駄目じゃないだろ。ここをなんとかしないと……」

ここ、と言った時に、するりと布地の上から中心を撫《な》でられる。

びくん、とひときわ強く震えが来て、連動するようにそこが反応した。

駄目だ！　エドワードに触れられて、こんなになるなんて、恥ずかしすぎる。

しかも、ここは飛行機の座席なのに！

「怖《こわ》がらなくていい。ちゃんと隠《かく》してあげるから。それに、私が呼ぶまでこの席には誰《だれ》もこない。楽にして、私にもたれていなさい」

柚希の怯《おび》えを察したエドワードは、宥めるように言ってチェックのブランケットをかける。

背もたれはかなり後方に倒《たお》されて、間の肘掛《ひじか》けも上げられている。シートベルトはそのままだったが、身体を少し斜《なな》めにし、背中からすっぽりとエドワードに抱かれる格好になった。

「あ」

ブランケットの中でエドワードの手が器用にスラックスのベルトを外し始める。そのまますると下着の中まで手を潜りこまされて、柚希は息をのんだ。

「かわいいね、ユズキ……」

「んんっ」

やわらかく直《じか》に握《にぎ》られると、痺《しび》れるような快感が湧《わ》き上がる。

キスされて、ちょっと触れられただけで、そこはもう完全に形を変えてしまった。

「や……っ、こんな、の……」

「大丈夫《だいじょうぶ》だから、私に全部任せなさい」

そろそろと中心を撫でられ、耳にまた宥めるようにキスを落とされる。

両方からの刺激《しげき》で、柚希の中心はまたいちだんと硬《かた》く張りつめた。

「んっ、……ふ……くっ……」

大きな手のひらに包まれて、幹の根元から擦《こす》り上げられる。

自分以外の人間がそこに触れるのは生まれて初めてだった。直接的に快感を煽《あお》られると、どうしようもなく気持ちいい。恥ずかしくてたまらないのに感じてしまうのを止められない。

「感じやすいな、ユズキ。すごく濡れてきた」

「やっ、違《ちが》……っ、んぅ」

ふるふる首を振ると、エドワードは意地悪く濡れた先端《せんたん》を指でなぞり上げる。溢《あふ》れた蜜《みつ》がエドワードの指に絡むのがわかって、柚希はびくりと震えた。

そのうえ、また新たな蜜がじわじわ溢れてくる。

「やっぱり感じやすい」

「あ、やっ……い、言わないで……っ」

「どうした？　恥ずかしいのか？」

「やっ、だって……」

ここは飛行機の中だ。近くに人がいる。

たったそれだけのことさえまともに話せない。

エドワードはすべてを察したように、くすりと忍《しの》び笑いを漏《も》らしながら、柚希の中心を駆《か》り立てた。溢れた蜜を幹になすりつけ、感じやすいくびれも爪《つめ》の先でひっかくように刺激される。

「やあ……っ、も……ああっ」

「しっ、ユズキ……あまり大きな声を立てると見つかってしまうぞ」

脅《おど》しが利《き》いて、柚希はひゅっと喉《のど》を鳴らして息を吸いこんだ。

いくらブランケットで隠されていても、柚希の身体はすっぽりとエドワードの腕《うで》に包まれている。淫《みだ》らな声を上げれば、何をしているか、すぐにばれてしまうだろう。

それでもエドワードが手を動かすたびに、感じてしまって怖くなるほどだ。

「んっ……んぅ」

どうしようもなくて、柚希は両手で必死に自分の口を押さえた。

するとエドワードは右手までブランケットの中に潜らせてきて、シャツの裾《すそ》を引きだす。シートベルトはゆるく留まっているだけで、エドワードの動きを阻む役には立たない。

「んっ、んっ」

柚希はいやだと示すように身をくねらせたが、シャツのボタンも下から順番に外されてしまった。

エドワードの左手はまだゆったりと柚希の中心を駆り立てている。そしてもう片方の手が肌《はだ》の上を滑り始めた。

「きめが細かくて、とてもきれいな肌だ。こうして触れているだけでも気持ちがいい」

ひっそりと囁かれ、またいちだんと身体が熱くなる。エドワードに触れられたせいで、肌もいっそう敏感になった。

へそのまわりから脇腹《わきばら》へと手を滑らされ、それが次には胸にまでまわってくる。

小さな粒《つぶ》を探《さぐ》り当てられて、きゅっとつまみ上げられた。

「ん――っ、んぅっ……」

触《ふ》れられた先端から、我慢《がまん》できない疼きが生まれ、びくんと大きく腰《こし》が浮《う》く。

反応を知ったエドワードは、ぷっくり尖《とが》った先端をさらに刺激してくる。

「本当にかわいい反応をする。見かけは無垢《むく》そのものだったのに、君は淫らな天使だな。胸も感じやすいようだ……もっと、いっぱいかわいがってあげよう」

エドワードは言葉どおりに、左右の乳首《ちくび》を順に弄《いじ》り始める。

つままれただけでもおかしな気分になる。なのに凝《こ》った粒を爪の先できゅっと押されると、それだけで欲望《よくぼう》を放ってしまいそうになった。

「んっ、ん――っ、ん」

両手で口を塞《ふさ》ぎながら、懸命《けんめい》に首を振る。仰《の》け反って腰が浮くと、さらに張りつめた中心をいいように嬲《なぶ》られた。

こんなに淫らでいやらしいことをされているのに、拒《こば》むどころか気持ちがよくてたまらない。

エドワードに恥《は》ずかしい場所を触られていると思っただけで、また身体が高ぶった。

「んんっ……んっ、んっ、ぅぅ」

奥深くから快感が噴《ふ》き上げてくる。

もう、とても我慢できなかった。このままではエドワードの手を汚《よご》してしまう。なのに逃《に》げだすことさえできない。

切羽詰《せっぱつ》まった柚希は涙《なみだ》を振《ふ》りこぼした。

「我慢しないで、達《い》きなさい。すべて私に任せて……いいね、かわいいユズキ」

ひっそり囁《ささや》かれたと同時に乳首をきゅっと引っ張られ、張りつめたものの先端にも爪が立てられる。

その瞬間、とうとう欲望が堰《せき》を切って溢れだした。

「んんっ、んぅ――……っ」

広げた両足を突《つ》っ張《ぱ》らせ、どくり、と全部エドワードの手に吐《は》きだす。

強烈《きょうれつ》な快感で頭の中に真っ白な閃光《せんこう》が走ったようだった。

高みを極《きわ》めたあとは、反り返った身体がゆっくりと弛緩《しかん》していく。

その間にエドワードの手が動いて、汚れた下肢がやわらかなローションティッシュで拭《ぬぐ》われる。ブランケットの中で、下着もスラックスも元どおりに引き上げられて、シャツのボタンも塡《は》め直された。

「ユズキ、君は本当にかわいい子だ」

最後にちゅっと音を立てて頰《ほお》にキスされて、柚希はようやく我に返った。

口を塞いでいた手を外し、慌《あわ》ててエドワードにもたれていた上半身を起こす。

「あ、ぼくっ……ごめんなさい……こんな……っ」

恥ずかしさが頂点に達し、涙がとめどなくこぼれてくる。

エドワードの手に欲望を放ってしまった。

しかもエドワードは英国の貴族なのに！

それも飛行機の中なんかで……！

座席のまわりには誰《だれ》も近づいていない。巡航《じゅんこう》を続けるエンジン音が伝わってくるだけだ。

それでも、なんということをしでかしてしまったのかと、恐《おそ》ろしくなる。

「ユズキ、泣かなくていい。大丈夫だから」

エドワードは柚希の肩《かた》を抱《だ》きよせ、今度は真っ白なハンカチで大量にこぼれた涙を拭ってくれる。

優《やさ》しさが胸の奥まで染《し》みて、柚希はまた新たな涙を溢れさせた。

「エドワード……ぼくは……っ、違《ちが》う……いつもはこんなじゃない……ご、ごめんなさい」

「わかっている。ユズキは私の前でだけ、乱れてしまった。そうだろう？」

宥《なだ》めるように訊ねられ、柚希はまた子供っぽく、こくんと頷《うなず》いた。

エドワードに言われたとおりだ。

淫らなことをしてしまったのは、きっとエドワードに触れられたせいだ。ほかの誰が相手でも、絶対にこんなふうになったりしない。

出会ったばかりだけれど、きっとエドワードだけが特別なのだ。

何故《なぜ》か急に甘えたくなって、柚希はまたエドワードにしがみついた。

「さあ、目を閉じて少し眠《ねむ》りなさい。大丈夫《だいじょうぶ》、ずっとそばについていてあげるから」

囁かれた言葉に誘導《ゆうどう》されるように、柚希はそっとまぶたを閉じた。

エドワードは最後の涙を拭《ふ》き取って、そのあと柚希の右手もしっかりと包みこむ。柚希は自然と力を抜《ぬ》いて、逞しい男の肩に頭を預けた。

エドワードに抱かれていると、不安や恐れが遠のいていく。

心地《ここち》よさにつられるように徐々《じょじょ》に眠くなってくる。

「……かわいいユズキ……君と出会ったのは運命かもしれない……」

ぽつりと、そんな声が聞こえた気がするが、どういう意味か考えている余裕《よゆう》はなかった。

時折、予告もなく大きな揺《ゆ》れがくる。

けれど、エドワードの優しさに包まれた柚希には、もうその恐ろしさは届かなかった。

# 2

「柚希！　待ってたわ。よかった、無事に着いて！」

ヒースロー空港の到着《とうちゃく》ゲートを出た瞬間《しゅんかん》、母の小百合が駆《か》けよってきた。

クリーム色のパンツスーツに襞《ひだ》のある白のブラウスを合わせ、ふんわりした髪《かみ》を肩まで伸《の》ばした母は、息子《むすこ》である柚希の目からしても、とても四十歳を超《こ》えているとは思えない。

「母さん」

「私、心配で心配で……だって、あなた、まだ駄目《だめ》でしょう？　飛行機がすごく揺れたりしたら、どんなに怖《こわ》がるかと思って、たまらなかったわ」

柚希はキャリーカートから手を離《はな》し、抱きついてきた母を受け止めた。

日本の空港なら、おかしな目で見られたかもしれないが、幸いなことにここはロンドンだ。

久しぶりに会う親子や恋人《こいびと》、友人同士が抱《だ》き合っている姿はそこらじゅうで見られた。

そして母が心配しているのは、もちろん柚希の発作《ほっさ》だった。

「大丈夫だったから……と言うより、とても親切な人がいて、助けてもらったんだ。彼がいなかったら、ちょっと厳しかったかもしれないけど」

柚希は正直に状況《じょうきょう》を打ち明けた。発作など起きなかったと言っても、どうせすぐに嘘《うそ》を見抜《みぬ》かれてしまう。

母は、さもありそうなことだというように深く息をついた。

「そうだったの……でも、とにかく無事に到着してくれてよかったわ。それで、その親切な方はどこかしら？　私からもお礼を言いたいわ」

「うん。それが……」

柚希は口ごもった。

エドワードは着陸と同時に、横づけされていたリアジェットに乗り換《か》えて、行ってしまったのだ。柚希がフライトアテンダントと挨拶《あいさつ》を交《か》わしている間に、エドワードは別れの言葉もなく消えてしまった。

とおりすがりの旅人に、ちょっと親切にしてやっただけ。飛行機が無事に到着すれば、それで終わり。よほどのことがない限り、もう二度と顔を合わせることはない。

本当はそれが当たり前なのだが、柚希はおおいにショックだった。

エドワードとの間には、何か特別なものが芽生えたように感じていたのだ。しかし、それは柚希だけの思いこみにすぎなかった。よくよく考えてみれば、あんな醜態《しゅうたい》までさらしたのだから、呆《あき》れられてしまったのかもしれない。

でも、最後にもう一度謝らせてほしかったし、親切にしてもらったお礼もきちんと伝えたかった。

それなのにエドワードとは、もう二度と会うこともないのだ。

いや、捜《さが》そうと思えばなんとかなるかもしれない。ファミリーネームもわからずじまいだったが、公爵《こうしゃく》という身分の人がそう何人もいるはずがない。だから、住まいを調べて会いにいくことは可能なはずだ。

しかし、わざわざ訪ねていっては、かえって迷惑《めいわく》なだけだろう。

自分がどんなだったかと思いだせば、今でも身がすくんでしまうほどだ。エドワードにしてみれば、さっさと忘れたいからこそ、何も言わずに去っていってしまったのだろうし……。

堂々巡《どうどうめぐ》りする思いに、ふうっとため息をつくと、母がさっそく眉《まゆ》をひそめる。

「柚希？　大丈夫？」

「あ、ごめん。ぼくに親切にしてくれた人、名前も告げずに行ってしまったんだ。だから……」

「そうだったの……それは、残念ね」

「それより、母さんの旦那《だんな》様になる人は？」

柚希が故意に話題を変えると、母は頬を染め、まるで少女のような華《はな》やぎに包まれた。

「セオドアもちゃんとあなたを迎《むか》えに来てるわ。今日は、彼、自分でここまで運転してきたの」

「伯爵《はくしゃく》がご自分で？」

「ええ、そうなの。セオドアは外で待ってるわ。パーキングに入れるほどでもないし、でも、勝手に駐車《ちゅうしゃ》させておいて、違反《いはん》チケットなんか切られたら、恥《は》ずかしいでしょ？」

嬉《うれ》しげに言う母は、近く再婚《さいこん》することになっている。しかも相手はれっきとした英国の伯爵だった。

柚希が貴族という響《ひび》きに、ある程度の免疫《めんえき》があったのは、そのせいだ。

母と再婚するグレアム伯爵は五十を超えており、柚希より年上の息子もふたりいる。前の夫人とは十年前に離婚《りこん》が成立していた。

柚希の母は父が亡《な》くなったあと、生け花を教えて生計を立ててきた。その世界ではけっこう名前を知られ、海外で個展や教室を開くことも多い。グレアム伯爵とも、ロンドン郊外《こうがい》のある城で個展を開いた時に知り合ったという話だ。そこで母に一目《ひとめ》惚《ぼ》れした伯爵は、その後、機会があるたびに口説きまくって、ようやく承諾《しょうだく》の返事を得たとのことだ。

相手が外国人で、しかも貴族だというところが少々引っかかったが、柚希は母の再婚を心から喜んだ。グレアム伯爵が母を愛しているのは誰の目からも明らかだ。それに母の方も細やかな愛情を示す伯爵を頼《たよ》りにするようになっていた。

柚希の父が事故で死んでからもう十年以上になる。その間、母はずっと柚希のために頑張《がんば》ってきてくれた。だから、母には幸せになってほしいと思っている。

ただひとつ心配なのは、日本人である母が、伯爵の妻としてイギリスの貴族社会でやっていけるかどうかだった。

柚希はもう成年に達しているため、母が再婚しても、そのまま森川の籍《せき》に残る。しかし、柚希は母のたっての希望で、ロンドンで仕事を探すことにしたのだ。

そばにいるといっても一緒《いっしょ》に住むわけではない。柚希のアパートは、ひと足先にロンドンに来ていた母が探してくれた。勤め先と伯爵家の屋敷《やしき》とのほぼ中間に位置し、どこへ行くにも便利な場所らしい。

「じゃ、そろそろ行きましょうか？　セオドアが待ちくたびれている頃《ころ》だわ」

母に促《うなが》され、柚希は重いスーツケースを引きながら空港の中を歩き始めた。

ちらりとまたエドワードの面影《おもかげ》が頭をよぎってしまう。

だが今は一日も早く新しい生活になじむことが先決だ。

エドワードのことは、少し落ち着いた頃にもう一度考えてみればいいだろう。


柚希がランドール社に初出勤《しゅっきん》したのは、その翌朝のことだった。

ロンドンの中心に、シティと呼ばれている場所がある。ロンドン発祥《はっしょう》の地でもあり、世界の金融《きんゆう》の中心でもあるところだ。

ランドールの本社ビルは、その中でも特に重厚《じゅうこう》な歴史を感じさせる建物だった。

日本育ちの柚希は、その古めかしさに多少違和感《いわかん》を覚える。

たとえば会社内に入るのに、IDを使うというならまだ納得《なっとく》がいくのだが、ランドールの入り口にはクラシックな深紅《しんく》の制服に身を固めたドアボーイがふたりも立っているのだ。

「おはようございます、サー」

始業時間が近く、社員は皆《みな》、急ぎ足なのだが、そのひとりひとりに声をかけている。

初めてここを訪《おとず》れた柚希は、さすがになんの用事かと訊かれた。でも、今日から入社ですと言うと、意外にあっさり通行の許可が下りる。

「しっかり頑張って」

と励《はげ》まされ、柚希は思わず丁寧《ていねい》に頭を下げてしまった。

すると身長がゆうに百九十はあろうかというがっしりしたドアボーイが、にこっと人なつこい笑顔《えがお》になる。

柚希はもう一度彼らに挨拶してからビル内のロビーへと入った。

初日の今日は、ビルの上階にある大会議室に集合と指示されている。世界各国で採用されたスタッフが皆、集まるのだという話だった。

「あれっ？　君、日本の人？」

広い会議室に入ったと同時に日本語で声をかけられて、柚希は思わず振《ふ》り向いた。

話しかけてきた男は同じ日本人だった。緊張《きんちょう》していた柚希はほっとしながら挨拶を返した。

「森川柚希です。日本で採用されて、今日からここで働くことになりました」

「へぇ、君、若いね。もしかして新卒？　だとしたら、すごく優秀《ゆうしゅう》なんだ。ランドールはほとんど新卒を採用しないからね」

「そうなんですか？　でも、ぼくの場合、卒業してから何ヶ月か、フリーターやってましたから、新卒ってほどでも」

気安く話してくる男に、柚希は僅《わず》かに首《くび》を傾《かし》げながら答える。

「俺なんかも中途《ちゅうと》採用だよ。ランドールは実力さえあれば、けっこう出世できるんだ。逆にスキルが低いとすぐに放りだされるけど。ま、外資はどこも一緒だな」

「はぁ……」

「あ、悪い。俺は中村《なかむら》。年は君より五歳ほど上になるんだろうけど、一応新入社員な」

中村と名乗った男はけっこう話し好きで、柚希は親しみを感じた。

背はそう高くないが、ハンサムな顔つきをしている。身につけているグレーのスーツもどことなくおしゃれに見えた。

親しくなれるような日本人はいないかもしれないと思っていたので、懐《なつ》かしさを覚えると同時に安心もする。

「おっ、始めるみたいだ」

会議室の奥にはステージが設置され、上にプロジェクターが吊《つ》ってあった。テーブルと椅子《いす》は全部、そのステージに向けて並べられている。会議を行う場所というより、大学の講義で使う教室のような雰囲気《ふんいき》だ。

目でざっと数えてみると、新入社員は六十名ほど。女性と男性はほぼ同数だが、民族的にはヨーロッパ系、アフリカ系、アジア系と、かなりバラエティに富んでいた。

ステージに金髪《きんぱつ》の若い男が上がり、マイクを持って歓迎《かんげい》の挨拶《あいさつ》を始める。その後、プロジェクターを使って、仕事に関する基本的な説明がなされた。

三十分ほどでそれが終了《しゅうりょう》すると、次は個々に名前が呼ばれてグループに分けられる。いよいよ、配属される部署ごとの説明に移るのだろう。

「ミスター・ナカムラは八番のテーブルへ」

中村は、君とはどうせ同じ部署だろと言いながら、席を移ったが、ほとんど全員の名前が呼ばれても、まだ柚希の番がこない。

そして柚希が不安を覚えた頃に、まったく別の方向からやっと名前が呼ばれた。

「ミスター・モリカワ。あなたには企画室《きかく》に入ってもらいます。私と一緒に来てちょうだい。企画室はこの上の階なの」

声をかけてきたのは、金髪を短めにカットした、いかにもやり手といった雰囲気の女性だった。

「あの、何かの間違《まちが》いじゃないでしょうか？　ぼくは入社試験の面接で、貿易部門のアジア方面にまわされると聞いてましたけど」

「間違いじゃないわよ。企画室でひとり辞《や》めたスタッフがいるの。新人のあなたじゃ役に立たないのはわかってるけど、上からの命令なのよ」

「上から……？」

柚希は首をひねったが、彼女からそれ以上の情報は引きだせなかった。

企画室はすぐ上の階にあるとのことで、女性はリフトを使わず、とんとんと調子よく非常用の螺旋《らせん》階段を上っていく。柚希はあとに続きながら、気持ちを引きしめた。

予想が外れたからといっても、悲観することはないはずだ。

企画室とサインのあるドアから一歩中へ入ると、柚希は皆の注目の的になった。

「その子が新人？」

「ええ、そうよ」

「ふーん、なんにも知らなさそうな顔してるけどね」

室内は意外と広く、三十人ほどのスタッフが揃《そろ》っている。

デスクの配置がちょっと変わっていた。奥の壁《かべ》に向かい、半円状に三列、デスクが並べられている。隣《となり》のデスクとの間は可動式のパーティションで仕切られており、同じものがデスクの前にも設置されていた。おそらく企画室全員でミーティングをする時のために、こんなふうに配置されているのだろう。

「君のデスクはここね。企画関係のデータは社外持ちだし禁止。チェックもけっこう厳しいから気をつけて。いいわね？」

「はい……」

柚希はとまどいを覚えながらも、先輩《せんぱい》スタッフの話に熱心に耳を傾《かたむ》けた。

今日入社したばかりだというのに、まるで即戦力《そくせんりょく》のような扱《あつか》いだ。

とまどいはスタッフの中にもあるらしく、柚希の動きに視線が集まっている。

とにかく今日から自分もランドールの社員なのだ。しっかり仕事を覚えて頑張《がんば》るしかない。

「よろしく、お願いします」

柚希は新たな決意とともに、スタッフ全員に向けて挨拶した。


それから五日後のこと——。

「よお、調子どう？」

遅《おそ》いランチを取るつもりで、近所のパブにやってきた柚希は、そこでばったり中村と出くわした。

「中村さん！　よかった……会社、広いから、なかなか会えませんでしたね」

ランチタイムはビュッフェ形式になっている店だ。呼び止められた柚希は、たっぷり盛られたサラダとパン、それにミルクティーをトレイに載《の》せて、中村のテーブルに近づいた。

「俺が配属された貿易部門は、ワンブロック先のビルにある。知ってるだろ？」

中村がサンドウィッチをぱくつく合間に訊ねてくる。

柚希は、知っていると答えながら、中村の前に腰《こし》を下ろした。

「しかしな、君が企画室に配属されたことは、アジアブランチの室長も不思議がっていたぞ」

いきなりの言葉に柚希は首を傾げた。

「ぼくの配属がおかしいって言われてるんですか？」

「ああ、当然だろ。君が入った企画室はただの企画室じゃない。ランドール・グループすべての事業展開の戦略を立てる部署だぞ」

「ええ、それはそうですが……」

柚希は曖昧《あいまい》に相づちを打った。

まだ役に立つほどではないが、柚希もようやく仕事に慣れてきたところだ。中村の指摘《してき》どおり、企画室はまさに、ランドールの中枢《ちゅうすう》と言っていい場所だった。『企画部』ではなく『企画室』として、少数精鋭《せいえい》で企業《きぎょう》戦略を練っていることがその証明だ。

「そんなところに、君みたいなドシロウトが入ったって、なんにもできないだろう。あそこにって話だ」

転部願を出してる社員は星の数ほどいるんだぞ。でも、よほどの実力がなければ認められない
「その話……本当なんですか？　ぼくは欠員ができたからって聞いただけですけど」

中村の話に柚希は眉《まゆ》をひそめた。

言われるまでもなく、柚希自身がなんとなく不思議に思っていたことだ。自分のように何も知らない者が、どうしてエリートの集まる部署に行かされたのか、本当にわからなかった。

「君みたいなのが企画室とは、やっぱり信じられない。なんか特別なコネを使ったとかじゃないのか？」

駄目押《だめお》しのように訊かれ、柚希は首を横に振《ふ》った。

「そんな特別なコネなんて、持ってませんよ」

「……だよな……」

中村はそれでもまだ納得《なっとく》がいかないようにため息をつく。

その配属先に関する謎《なぞ》が明らかとなったのは、その日の夕方のことだった。


「ユズキ、そろそろ帰っていいわよ」

「はい、わかりました」

資料のプリントを手伝っていた柚希は、金髪のチーフ、ジョイス・コリンズに声をかけられてほっと息をついた。

この部屋の空気はいつも張りつめている気がする。金曜日の夕方となっても、半数以上の者が自分のデスクでパソコンのモニターをにらみつけている状態だ。

まだ雑用を言いつけられるだけで、特別な仕事を持たない柚希は、帰れと命じられたら、それに従うだけだった。

柚希は企画室の隣にあるロッカールームへ行き、小型のバッグとコートを手にして再び廊下《ろうか》に戻《もど》った。

そのままリフトに向かおうとした時、後ろから唐突《とうとつ》に呼び止められる。

「失礼、ミスター・ユズキ・モリカワ」

振り返った柚希ははっと息をのんだ。

そこに立っていたのは意外な人物だった。

ダークスーツに眼鏡《めがね》という長身の男は、飛行機の中で出会った公爵《こうしゃく》、エドワードの秘書だ。

「どうして、あなたがここに……?」

呆然《ぼうぜん》と呟《つぶや》いた柚希に、男はにこりともせずに訊ね返してくる。

「少々お時間を拝借してもよろしいですか?」

柚希が頷《うなず》くと、男はさっさと先に立って廊下を進み始める。

柚希の疑問に答える気はまったくないらしい。

連れていかれたのは、社員が通常使っているものとは別のリフトだった。

最上階まで行くと、リフトの前では屈強《くっきょう》な体軀《たいく》をしたガードマンが二名、待ちかまえていた。

しかしエドワードの秘書は、フリーパスでその横をとおり抜《ぬ》ける。

柚希も秘書の後ろに続いたが、ほかには誰《だれ》の姿もなかった。

最上階のフロアはすべてが贅沢《ぜいたく》な内装になっていた。分厚いカーペットが敷《し》きつめられ廊下は足音を完全に吸収し、あたりはしんと静まり返っている。

いったい、なんだろう？

もしかして、エドワードがここの階に訪ねてきているのだろうか？

柚希がランドールに入社することを、エドワードは知っている。だから、わざわざ訪ねてきてくれたとか……？

いや、そんなはずはない。

エドワードには迷惑《めいわく》をかけただけだ。そんな都合のいい夢みたいなことが起きるはずがない。

柚希は高ぶる気持ちを落ち着かせようと、ゆるくかぶりを振った。

「どうぞ、こちらの部屋へ。公爵がお待ちです」

「あ……」

男の声に、どくん、と大きく心臓が跳《は》ねる。

ノックのあと、静かにドアが開かれた時、もう柚希の心臓は破けそうな勢いで高鳴っていた。

ドアの向こうにもうひとつドアがある。そこも開けられると、ようやく背の高い男の姿が視界に飛びこんできた。

間違《まちが》いなく、あの人だ。

機内で優《やさ》しくしてくれた、あのエドワードだった。

重厚《じゅうこう》なマホガニーのデスクが、窓を背に据《す》えられている。ゆっくり立ち上がったエドワードは、真《ま》っ直《す》ぐ柚希に向かって歩みよってきた。

「よく来たね、ユズキ。突然《とつぜん》呼びだしてしまったが、大丈夫《だいじょうぶ》だったか？」

「あ、はい……」

「週末だし、何か予定があったのではないか？」

「いえ、……」

低く響《ひび》いてくる魅力《みりょく》的な声に、柚希は夢見心地《ごこち》で呟くだけだった。

空港で急に姿が見えなくなって、どれだけがっかりしたことか。

もう会えないかも……いや、会いたいけれど、迷惑じゃないか。

そう思って、エドワードを捜《さが》しだすことをためらっていた。

それなのに、当の本人が今、柚希の目の前にいる。

整った顔にはやわらかな微笑《びしょう》が浮《う》かんでいた。青く澄《す》んだ瞳《ひとみ》で優しげに自分を見つめている。

胸が大きく上下して、柚希は思わず涙《なみだ》が滲《にじ》んできそうになった。

こうして再会してみれば、自分がどれだけこの人に会いたかったのかを、改めて思い知らされる。

「ユズキ、このあと何も予定がないなら、私と一緒《いっしょ》に食事はどうだ?」

「あ……」

間近でじっと覗《のぞ》きこむように訊かれ、柚希はますます胸を高鳴らせた。見つめられているだけで、頬《ほお》が熱くなり、喉《のど》もからからに渇《かわ》いてしまう。

「ユズキ?」

「あ、はいっ」

再度訊ねられ、柚希はようやくそれだけを口にした。

するとエドワードは、ごく自然に柚希の肩《かた》を抱《だ》きよせてくる。

「では、行こうか……君に会える日を楽しみにしていたのだ。君の姿は時折見かけていたが、こうして直接話ができるわけじゃなかったからね」

廊下に向かいながら言われた言葉に、柚希は初めて疑問を覚えた。

そしてエドワードが公爵だという以外に、何も知らなかったことも思いだす。

「あの……あなたは……?」

問いかけた柚希に、エドワードはかすかに首を傾《かし》げる。

その直後、整った顔にはふわりと極上《ごくじょう》の笑《え》みが広がった。

「そうか、気づいてなかったのか。あの時はエドワードとしか名乗らなかったからな。改めて自己紹介《しょうかい》しよう。私はエドワード・モーリス・レミントン。ランドール公爵だ」

柚希は呆然と長身の男を見上げた。

ランドール公爵——エドワード・モーリス・レミントン……。

ランドールはこの会社の名前。そしてオーナーはE・M・レミントン。

目の前に立つこの男こそが、ランドール・グループのオーナーだったのだ。


柚希は会社から黒塗《くろぬ》りのリムジンに乗せられて、エドワードの住まいだという豪華《ごうか》なタウンハウスに連れてこられた。

昔の英国貴族は、領地にカントリーハウスやマナーハウスと呼ばれる豪壮《ごうそう》な城や屋敷《やしき》を持ち、社交シーズンにはロンドンのタウンハウスに移り住んでいたという。

ランドール公爵の所有するタウンハウスは、バッキンガム宮殿《きゅうでん》近くの一等地に建つ古めかしい重厚な建物だった。ロンドン市内に数多くある高級ホテルとよく似ている。

ベルボーイが丁寧《ていねい》に出迎《でむか》え、エドワードは柚希を伴《ともな》ってリフトで上階へ向かう。タウンハウスはフロアごとに所有者が違《ちが》い、エドワードが住居として使っているのは最上階だった。

母の再婚《さいこん》相手であるグレアム伯爵《はくしゃく》家の屋敷は何ヶ月か前に一度訪《おとず》れたことがある。ロンドン郊外《こうがい》にあるその屋敷も豪華だったが、このタウンハウスの華麗《かれい》さには息をのむだけだ。高い天井《てんじょう》に煌《きら》めくクリスタルのシャンデリア。贅沢なスペースに置かれたクラシックな家具。壁《かべ》には絵画やタペストリーも掛《か》けられ、柚希はまるで別世界に迷いこんでしまったかのような気分に陥《おちい》った。

エドワードは上質なダークグレーの三《み》つ揃《ぞろ》いに身を固めており、堂々とした威厳《いげん》と気品のある所作で、まさしくこの贅沢な部屋が似合っている。だが、ありきたりの安物のスーツを着た柚希は、きっとこの家の使用人にも劣《おと》って見えることだろう。

場違《ばちが》いでいたたまれない思いにも駆《か》られるが、それでもせっかくエドワードが誘《さそ》ってくれた機会をふいにしたくはなかった。

広いダイニングにとおされた柚希は、巨大《きょだい》なテーブルでエドワードと向かい合わせに座らされ、さらに緊張《きんちょう》を高めた。

真っ白なリネンのクロスがかかったテーブルには、ずらりと銀のカトラリーが揃っている。グラス類も繊細《せんさい》なカットが施《ほどこ》されて、ひと目で高級品だとわかるものがいくつも並んでいた。

な気さえする。

淡《あわ》いグリーンのナプキンが載《の》せられた皿にいたっては、もう絶対に自分では触《さわ》りたくないよう

「どうした？　緊張しているのか？」

「あ、はい……すみません」

慌《あわ》てて謝ると、エドワードはおかしげに口元をゆるめた。

「先に気付けでコニャックでも飲んだ方がよかったか？」

言われたとたん、かっと顔が赤くなる。

気付けのコニャックとは、エドワードに口移しで飲まされたものだ。そのあと色々されて、恥《は》ずかしい様をさらしてしまった記憶《きおく》もいっぺんに蘇《よみがえ》ってくる。

「君は本当にかわいいな。もう虐《いじ》めないから気を楽にしなさい。でないと、うちの料理長が嘆《なげ》く。今日は特別なお客様だからと、はりきっていたようだからな」

「特別って、ぼくが、ですか？」

「ああ、君のほかには誰《だれ》も招いていない」

何気ないひと言で、柚希の胸はぽつりと火が灯《とも》ったように温かくなった。

フライト中はあんなに迷惑をかけてしまったのに、エドワードは優しく自分を迎《むか》え入れてくれている。その気持ちが、涙が滲んできそうなほど嬉《うれ》しかった。

しかしエドワードはランドールのオーナーで、公爵《こうしゃく》という身分も持っている。一般人《いっぱんじん》の柚希

から見れば、雲の上の人。下《した》っ端《ぱ》の社員からしても、天上界の住人だ。あまり馴《な》れ馴れしくするのもどうかと思う。

「あの、機内では本当にありがとうございました……、こ、公爵閣下……」

柚希は舌をもつれさせながら、慣れない呼びかけをした。

けれど、エドワードはいかにも気に入らないといったように、端整《たんせい》な顔をしかめる。

「ユズキ、私はエドワードだ。ほかの呼び方は必要ない」

「あ、はい……」

柚希は思わずこくりと頷《うなず》いた。

するとエドワードが一転して極上の笑みを浮かべる。

そうだ。ランドールのオーナーだったと知って、なんとなくぎこちない感じになっていたけれど、飛行機の中で助けてくれたのは、今、微笑《ほほえ》んでいるこの人だ。

「でも、ぼくのこと最初からご存じだったんですよね？」

「君が自分で言ったんだろう。ランドールに入社すると」

「いえ、そうじゃなくて……」

そこまで言った時に、びしりと背筋を伸《の》ばした使用人が食前酒を運んでくる。

キール・ロワイヤルです、と言われたグラスに、柚希はそっと手を出した。勢いをつけるため、こくりとひと口飲みこんでみる。

シャンパンとカシスを組み合わせたカクテルは、上品で繊細な味わいだった。それでもアルコールには違いなく、ほんのりとした酔《よ》いも運んでくる。

柚希はふっとひとつ息をつき、真《ま》っ直《す》ぐにエドワードを見つめて疑問に思ったことを訊ねた。

「もし、間違《まちが》えていたらごめんなさい。でも、もしかして、ぼくが企画《きかく》室に配属されたのって、今日こうして招いていただいたことと、何か関係があるんですか？」

「やはり気づいたか。仕方ない。白状しよう。君は貿易部門に配属されるはずだった。だが、あそこはビルも離《はな》れているうえ、仕事に慣れた頃《ころ》には出張も多くなる。私は毎日会社に顔を出すわけではない。だから、出社する日に、ちらりとでもいいから君の顔が見たいと思ったまでだ。それには私の部屋になるべく近い部門に置いておくのが正解だろう」

エドワードはさらりと真相を暴露《ばくろ》したが、その内容は柚希を唖然《あぜん》とさせただけだ。

たった、それだけのために人事に口を出したのだろうか……。

いや、そんなことより、エドワードは自分の姿が見たいと……！

一拍遅《いっぱくおく》れてやってきた認識《にんしき》に、柚希は再び頬を染めた。

「そんな……信じられない」

「なんだ、不満そうだな？」

「いえ、そうじゃなくて……あの……ぼくなんかに、どうして？」

「言っただろう。君の顔が見たかったと。強引《ごういん》な真似《まね》をしたとは思うが、私はランドールのオーナーとして、今までけっこう公正にやってきたつもりだ。だから、たまにはこのぐらいの我《わ》が儘《まま》をとおしても許されるだろう」

言い切ったエドワードはまたあの極上の笑みを浮《う》かべる。

青い瞳《ひとみ》でじっと見つめられ、柚希は胸がいっぱいになった。

自分だけじゃない。エドワードもまた会いたいと思ってくれていた。

しかも会社の人事を曲げてまで……！

けれど、甘えてばかりはいられなかった。人事に口を出したなら、柚希自身が頑張《がんば》って、結果を出さなければならない。そうじゃないと、エドワードに恥《はじ》をかかせてしまうことになる。

「ぼく、頑張ります！　企画室ではまだ雑用を言いつかるだけの立場ですが、これから色々勉強します。それでいつかは企画室のスタッフにも認められるようになりますから」

「君は本当に真っ直ぐだな。個人的には少し違う思いもあるが、ランドールの総帥《そうすい》としては、嬉しい言葉だ。期待しているよ」

「はい！」

柚希は力強く答えた。

きれいに盛りつけられた前菜が運ばれ、そのあと宝石のように澄《す》んだコンソメスープ。メインはやわらかく焼き上げられた子牛のステーキ。

伝統的なコース料理はどれも舌がとろけるかと思うほど美味《おい》しかった。

そして柚希がリラックスして食事を楽しめたのは、エドワードがさりげなく気を遣《つか》い、常に和《なご》やかな話題を提供してくれたお陰《かげ》だった。

口当たりのいいワインも勧《すす》められて、食事と一緒《いっしょ》に二杯《はい》ほど飲み、最後のコーヒーが出された頃には、柚希はふわりと宙でも舞《ま》っているような気分だった。

もう会えないと思っていたエドワードに再会できただけではなく、こうしてふたりきりで食事まで楽しめるなんて、本当に夢のようだ。

食事が終わって席を立った時、柚希は自分でも酔っていることを自覚した。何もかもがあまりにもすばらしすぎて、きっとそれでも酔っているのだ。

ぐらりと身体《からだ》を揺《ゆ》らめかせた柚希は、さっと伸びてきたエドワードの手で支えられる。

触《ふ》れられたとたん、柚希はまたどきりと大きく心臓を鳴らせた。

このまま抱《だ》きしめられたい。

唐突《とうとつ》に、そんな欲求《よっきゅう》に駆られてしまったのだ。

それでも、もうそろそろ暇《いとま》を告げた方がいいだろうとの頭だけは働いた。

「美味しい食事、ごちそうさまでした。ぼく、もう失礼しないと」

とろんとした目で端整な顔を見上げると、エドワードの眼差《まなざ》しがふいに熱っぽいものに変わる。

「ユズキ……帰したくない」

掠《かす》れたような声で囁《ささや》かれ、ウエストに添《そ》えられた手に力が入る。

はっとなった時には、もう形のいい唇《くちびる》が間近まで迫《せま》っていた。

「んっ……ぅ……」

温かな唇が押しつけられただけで、柚希はまた夢見心地《ごこち》になった。

胸を喘《あえ》がせた隙《すき》に舌がするりと滑《すべ》りこみ、口づけはすぐに深いものになる。

口中のやわらかな粘膜《ねんまく》をくまなく熱い舌で舐《な》められた。

歯列の裏から舌の付け根まで、余すところなくなぞられ、身体の奥深くからうずうず得体の知れない感覚が湧《わ》き起こる。

「……んっ、ふ……く、……ぅ」

あまりの生々しさに逃《に》げ惑《まど》っても、熱い舌がいやらしく絡《から》みついてくる。

振《ふ》りほどくことができず、互《たが》いの唾液《だえき》まで混じり合ってしまう。

舌を根元から吸い上げられると、急激に体温が上昇《じょうしょう》した。そのうえ、ぼうっと頭がかすみ、足元もおぼつかなくなってくる。

柚希は、いつしかエドワードに縋《すが》りつくように身体を預けていた。

散々口内を犯《おか》されたあと、濡《ぬ》れた音とともにようやくエドワードの唇が離される。

「んっ、は……っ」

柚希は激しく肩《かた》を上下させながら息を継《つ》いだ。

潤《うる》んだ目で見つめると、エドワードは困ったように口元をゆるめる。

「ユズキ、やっぱり帰してやれないな……キスの続きがしたくなった」

「あ……」

口づけは終わったけれど、柚希はもうまともに話すことさえできなくなっていた。

「いやなら、私を振り切って逃げていいぞ。君はフライトで出会った天使。私を虜《とりこ》にしたくせに、天国に帰ってしまった。そう思って諦《あきら》めることにする……だが、ユズキ……もし君がいやじゃないなら……ああ、駄目《だめ》だ。やはり強引《ごういん》に奪《うば》ってしまうことにしよう」

次の瞬間《しゅんかん》、柚希の身体はふわりと浮き上がった。

エドワードにいきなり横抱《よこだ》きにされたのだ。

「あ……っ」

柚希が息をのんでいる間に、エドワードは力強く歩を進め、天蓋《てんがい》つきのベッドのある豪奢《ごうしゃ》な部屋まで運ばれてしまう。

夢見心地だった柚希の心臓は、これ以上ないほどどきどきと高鳴っていた。

エドワードが何を望んでいるか。いくら経験値の低い柚希でも想像がつく。

本当はいけないのだと思う。こんなふうに流されたように深い結びつきを持ってしまうのは。

けれど柚希の方にも、エドワードと離れたくないという強い気持ちがある。

「エド、ワード……」

ふわりとベッドの上に下ろされて、柚希はか細く名前を呼んだ。

「逃げなかったな、ユズキ……この先はもう離してやれなくなるかもしれないが、いいのか？」

エドワードの手が伸《の》びて、しっかりと抱きしめられる。

柚希は広い胸に顔を埋《うず》めながら、こくりと頷《うなず》いた。

「ユズキ」

エドワードは我慢《がまん》しきれなくなったように柚希を仰向《あおむ》かせ、深く口づけてくる。

先ほどよりもさらに淫《みだ》らで熱い口づけだった。

「ん……んぅ……っ」

大きく胸を喘がせていると、ますます強く抱きしめられる。

エドワードはキスを続けながら、柚希の肩から胸へと手を滑らせてきた。

男らしく大きな手は意外にも器用に動き、ジャケットを奪われたあとで、シャツのボタンが外される。そしてエドワードの手は、するりと中まで潜《もぐ》りこんできた。

平らな胸を撫《な》でまわされただけで、さらに動悸《どうき》がして息まで苦しくなる。

「ん、んっ……」

胸の突起《とっき》に触れられた瞬間、柚希はひくっと喉《のど》を引きつらせた。

エドワードはゆっくり口づけをほどき、また乳首《ちくび》の先端《せんたん》に触れてくる。

「かわいらしい粒《つぶ》だ。もう尖《とが》らせているな」

「だめ……そこ……」

「もう覚えたぞ。ユズキのいやだは口だけだ」

「そんな……っ」

からかわれただけでかっと熱くなるが、しこった先端を指の腹で圧迫《あっぱく》されると、じわりとした疼きが生まれる。押されたままで、くるりと指をまわされると、身体中に刺激《しげき》が伝わっていった。

触れられているのは乳首だけなのに、身体の芯《しん》まで滾《たぎ》ってくるようだ。

飛行機の中ではもっとすごいことをされたのに、恥《は》ずかしくていたたまれない。

上半身をよじって逃げようとしても、エドワードの指は先端に吸いついたように離《はな》れない。

それどころかエドワードはシャツをめくり、もう片方の乳首に口までよせてくる。

「あ……やっ」

胸の突起にちゅっと口づけられて、柚希は息をのんだ。

「ずいぶんとかわいい反応だ。胸を弄《いじ》られるのが気に入った？」

「や、そんな……違《ちが》……っ、ああっ」

かりっと先端を甘噛《あまが》みされたあと、ねっとりと舌を這《は》わされる。それからちゅっと音がするほどの勢いでそこが吸い上げられた。

「あ、……あぁ……っ」

身体中がぞくぞくした。吸われているのは乳首なのに、何故《なぜ》か下肢《かし》まで熱くなっていく。

柚希は生まれて初めての感覚に、ただ震《ふる》えているしかなかった。

「どうした、ユズキ？　こうされるのがいやなのか？」

エドワードは愛撫《あいぶ》を中断し、優《やさ》しく訊ねてくる。柚希が怖《お》じ気《け》づいたことを察し、気遣《きづか》ってくれているのだ。

大きな手で頬《ほお》を包みこまれると、胸がせつなくなる。優しく髪《かみ》を梳《す》き上げられると、何故だか泣きたくなってきた。

でも、エドワードに抱《だ》かれるのがいやなわけじゃない。むしろ、もっと強く抱きしめてほしいと思う。

エドワードが好き。

胸の奥から唐突に、エドワードを思う気持ちが溢《あふ》れてくる。

柚希は心の欲求に従って、自分の方からもエドワードに手を伸ばした。

エドワードはすぐに柚希を抱きしめ、頬に軽くキスされる。

「いいなら、もっとユズキが知りたい。君のすべてを見せてくれ」

「あ……」

息をのんでいるうちに、柚希は再びベッドに横たえられた。

エドワードは本格的に柚希のシャツを剝《は》ぎ、次には下肢にも手を伸ばしてくる。

羞恥《しゅうち》でかっと頬を染めている間に、手際《てぎわ》よく下肢も剝《む》きだしにされてしまった。

「かわいいぞ。感じていたんだな、ユズキ」

いつの間にかすっかり勃《た》ち上がっていた中心に触《ふ》れられて、柚希はびくりと腰《こし》を震わせた。触れられただけじゃない。エドワードは恥ずかしげもなく勃ち上がったものをじっと見つめている。

「やっ……そんな……っ」

柚希は思わず身体《からだ》をくの字に曲げたが、それはエドワードをよけいに煽《あお》っただけだった。

「ユズキの肌《はだ》は手触《てざわ》りがいい。こうして撫でているだけでも気持ちがいい」

エドワードは羞恥を誘《さそ》う言葉を口にしながら、胸から脇腹《わきばら》、腰から腿《もも》へと指を滑らせてくる。

「あ……っ」

揃《そろ》えた指で触れられている場所が、びくびく震えて粟立《あわだ》った。

そのうえ刺激を受けるたびに中心がさらにはしたなく反り返る。

エドワードはそのすべてを、青い目でしっかり見つめているのだ。

あまりの羞恥に、柚希は首を振った。

「足の力を抜《ぬ》いてごらん。もっと気持ちよくなれるようにかわいがってあげよう」

「いや……だっ」

柚希は懸命《けんめい》に拒否《きょひ》したが、今度のエドワードは強引《ごういん》で、いきなり両方の足首をつかまれて大きく開かされてしまう。

今はもう、いやだというのが口先だけだと見抜《みぬ》かれていた。

本当はいやじゃない。恥ずかしくて、死にそうなだけだ。そして、この先自分がどうなってしまうのかと思うと怖《こわ》かった。

エドワードは宥《なだ》めるように柚希の足を撫でている。そうして、その手は徐々《じょじょ》に中心へと近づいていた。

「かわいいここは、舐《な》めてあげようか？」

張りつめたものの先端を指で押され、柚希はひときわ高い声を放った。

「ああっ！」

ふるりと揺《ゆ》れた先端から、じわりと蜜《みつ》がこぼれる。

柚希は生きた心地もなく、さっと自分の顔を覆《おお》った。

「ユズキ、恥ずかしいのか？　かわいい反応だが、まだまだこれからだぞ」

「あっ」

顔を覆っていた手をつかまれて、柚希はびくんと腰を浮《う》かせた。

抵抗《ていこう》を封《ふう》じたエドワードは、そのあとゆっくり頭を伏《ふ》せてくる。

張りつめたままだった中心が、ちゅぷりと濡《ぬ》れた感触《かんしょく》で覆われて、柚希は息をのんだ。

「……っ！」

ぬるりとまとわりついた温かなものがうごめく。その瞬間、目の眩《くら》むような快感が頭頂まで突《つ》き抜けた。

「あっ……！　や、あぁ……っ！」

信じられないことに、熱くなった中心がすっぽりエドワードの口に含《ふく》まれている。

恥ずかしくて一気に涙《なみだ》が溢れた。

エドワードは柚希の中心を舌で丁寧《ていねい》に舐めまわした。敏感《びんかん》なくびれを執拗《しつよう》に擦《こす》られ、先端の小さな窪《くぼ》みも舌先で探《さぐ》られる。

「あふ……っ、く……うぅ……やっ」

柚希は与《あた》えられる快感をすべて受け入れ、無意識に腰をくねらせた。

気持ちがよくてたまらない。

これ以上恥ずかしいことはないのに、身体の芯から欲望《よくぼう》が迫《せ》り上がってくる。

「ああっ、もう駄目《だめ》……離してっ……駄目……っ」

柚希は懸命に腰をよじったが、エドワードの口は離れなかった。逆に根元からたっぷり、すべてを絞《しぼ》り取るように吸い上げられてしまう。

「ううう……う、くっ」

柚希は泣き声を上げながら、欲望を吐《は》きだした。

涙で曇《くも》った目を見開くと、エドワードは柚希が放ったものを全部のみこんでいる。

「やっ、そんな……っ」

さらに羞恥に駆《か》られ、柚希は強引な男をにらみつけた。けれど、エドワードは満足そうに口元をほころばせただけだ。

「かわいいユズキ……もっと続けて大丈夫《だいじょうぶ》か？」

「あ……」

真摯《しんし》に見つめられて、柚希は再び息をのんだ。

エドワードの真っ青な瞳《ひとみ》に、吸いこまれてしまいそうになる。

そうして見つめ合っているうちに、エドワードの手がするりと両足の間へと差しこまれた。

柚希はびくりと緊張《きんちょう》したが、エドワードの手はそのまま後孔へと滑《すべ》っていく。

「ユズキ、いいな？」

確認《かくにん》されて、柚希は呪縛《じゅばく》されたように頷《うなず》いた。

本当は怖い。

この先、どうなるのかわからなくて、怖くなってしまう。でも、エドワードは本気で自分を欲しがっている。だから、もう逃《に》げる気はなかった。

「さあ、力を抜いて」

エドワードは優しく囁《ささや》くように言い、そのあと濡れた指で入り口を探り、ぐっと中に押しこんでくる。

「あ、……っ」

いきなり感じた圧迫感《あっぱくかん》で、柚希は腰を震わせた。

エドワードの長い指は繊細《せんさい》な襞《ひだ》を掻《か》き分けてどんどん奥まで入ってくる。

「ああ……っ」

狭《せま》い場所を異物で犯《おか》され、苦しくてたまらなかった。それなのにエドワードはそこを広げるように指を動かし始める。

「や……っ」

「きつかったか？」

「だ、大丈夫……」

エドワードは優しく柚希を気遣いながら、行為《こうい》を進めていく。

そのうち指の数を増やされた。

さらに圧迫感が強くなるが、エドワードはその指をなじませるようにゆっくりと動かす。

そして壁《かべ》の一部をくいっと押された瞬間《しゅんかん》、柚希は大きく仰《の》け反った。

「やっ、あぁ……っ」

信じられないほどの衝撃《しょうげき》で、息さえも止まってしまう。

鋭《するど》い快感が身体中を走り抜け、再び欲望を噴《ふ》き上げてしまいそうになった。

「ここが気持ちいいようだな、ユズキ？」

エドワードはそう囁いて、またその場所を指先で抉《えぐ》った。

「やっ、違《ちが》……そこ、……ああっ」

柚希は必死に首を振《ふ》ったが、さらに指の数を増やされただけだ。それと同時に、中を抉る動きも徐々に大胆《だいたん》になる。

「ああっ……あっ、く、ふ……っ」

「ユズキ、苦しいだけじゃないだろう？　ここもちゃんと濡れている」

エドワードは後孔を犯す指をそのままに、柚希の中心にも触れてくる。

エドワードの指で触れられた先端《せんたん》にも、また新たな蜜が滴《したた》っていた。

初めてなのに、どうしてこんなに反応してしまうのかわからなかった。

「もう、いやっ……あっ、おかしくなる……から……っ」

柚希は縋《すが》るものがほしくて必死に腕《うで》を伸《の》ばしてエドワードに抱《だ》きついた。

「私を煽っては駄目だ、ユズキ。もっとゆっくりかわいがってあげようと思っていたのに」

掠《かす》れたような声とともに、中を犯していた指が抜き取られる。

朦朧《もうろう》となっていた柚希は目を見開いた。

エドワードの整った顔がすぐ間近にあって、青く澄《す》んだ瞳で見つめられる。

「あ……」

足をさらに広げられ、エドワードの両手で腰も持ち上げられた。

今まで散々指で掻きまわされていた場所に、いつの間にか下半身を乱していたエドワードの漲《みなぎ》りが擦りつけられていた。

信じられないほど熱くて逞しい。

濡れてとろけきった蕾《つぼみ》は、それを歓迎《かんげい》するように、いやらしくうごめいている。

けれど恥《は》ずかしさを感じている余裕《よゆう》はなかった。

「ユズキ、いいか？　おまえとひとつになりたい」

声とともに腰《こし》を抱《かか》え直されて、ぐっと硬《かた》い切っ先を埋《う》めこまれた。

「あっ、あああっ……っ」

エドワードの巨大《きょだい》なもので、徐々に身体《からだ》を開かれる。

これ以上は無理だと思うのに、エドワードは動きを止めず、奥の奥まで深々と太い杭《くい》で貫かれた。

「かわいいユズキ……素敵《すてき》だよ」

「……んっ……！」

根元まで巨大なものをくわえこまされて、柚希は大きく仰け反った。だがエドワードはさらに結合を深くしようと、柚希の細い腰をつかんで自分の方に引きよせる。

「もう、全部私のものだ」

エドワードは傲慢《ごうまん》に宣言して、ゆったりと律動を開始した。

逞しいもので犯された中が痺《しび》れたようになり、動かれるたびに少しずつとろけていく。

「あ……エドワード……っ」

「どうした？　気持ちいいなら、そう言いなさい」

命じられたと同時に、硬い切っ先でひときわ強く敏感な壁を抉られる。

「ああっ！　……っ」

柚希は高い声を放った。

突かれた場所から恐《おそ》ろしいほどの刺激《しげき》が生まれ、身体中に伝わっていく。

いつの間にか最初に感じた痛みが薄《うす》れ、代わって甘い痺れが湧《わ》き上がってくる。

柚希は連続して嬌声《きょうせい》を上げながら、ますます必死に自分を犯す男にしがみついた。

「ユズキ」

上擦ったような声が耳に届いた瞬間、さらにぐいっと最奥を突かれた。

「あっ、やあぁ……っ」

仰け反った身体をきつく抱《だ》きしめられる。そして噛《か》みつくように唇《くちびる》も塞《ふさ》がれた。

何もかもひとつになっていた。身体の隅々《すみずみ》までエドワードで満たされている。どくどくと熱く息づく硬いものが、最奥まで埋めこまれていた。

苦しかった。これ以上は絶対に無理。もう耐《た》えられない。

でも、エドワードとひとつになれた悦《よろこ》びで、その苦しささえ、薄れていく。

こんなにも深い場所で繋《つな》がって、もう隙間《すきま》などどこにもなかった。

「ユズキ……もう離《はな》さない」

エドワードが熱く囁いて、ゆっくりと、でも激しく腰を動かし始める。

奥深くまで達していた灼熱《しゃくねつ》の杭が引き抜《ぬ》かれ、すぐにまた敏感な壁を抉りながら最奥までねじこまれた。

そのたびに頭が真っ白になるほどの快感に襲《おそ》われる。

「ああ……あっ……」

「ユズキ」

「ああっ、あ、……エ、ド……ワード……っ」

柚希は懸命《けんめい》にエドワードにしがみついた。

そして掠れた声を上げながら、再び高みへと上りつめた。

# 3

母に探してもらった部屋はさほど大きなものではなかったが、シティまでチューブで五駅と便利なうえ、近くには小さな商店街もあった。

建物は伝統的な造りの三階建てで、一、二階はオーナーの占有《せんゆう》となっている。部屋は三階部分なのだが、玄関《げんかん》も完全に別で、そこから一気に階段を上がっていくようになっていた。

柚希はそのアパートから、郊外《こうがい》にあるグレアム伯爵《はくしゃく》の屋敷《やしき》へと向かった。

母の結婚式《けっこんしき》が明日に迫《せま》り、今日はグレアム家の人々と一緒《いっしょ》に食事をすることになっている。

チューブを乗り継《つ》いで目的地まで行き、そこからさらにバス。距離《きょり》のわりに時間がかかる場所だったが、郊外の空気は澄みきって気持ちがよかった。

母がいよいよ伯爵と結婚《けっこん》する。

愛し合っているふたりなので、きっと幸せになってくれるだろう。けれど、柚希の頭を占《し》めていたのはエドワードの面影《おもかげ》だった。

先週、思いがけない再会を果たしたあげく、抱かれてしまった。

それ以来一週間。エドワードはランドールの総帥《そうすい》として忙《いそが》しくしているので、毎日というわけにはいかないが、ちらりとでも顔を見かけるのが柚希の密《ひそ》かな楽しみとなっていた。

今週末はお互《たが》いに用があって駄目《だめ》だけれど、来週にはまたプライベートで会う約束になっている。

「好きだ」とはっきり言われたわけではない。それでもエドワードはもう恋人《こいびと》と言っていいのではないだろうか。

身体を繋げたせいか、柚希の思いはますますエドワードへと向かっている。こんなに好きになる人ができるとは、今まで思ってもみなかった。

自然と頬《ほお》をゆるめながら歩いているうちに、伯爵家の豪壮《ごうそう》な屋敷に到着《とうちゃく》する。

柚希は守衛が詰《つ》めている通用門を抜けて、敷地《しきち》内へと入っていった。

「お招きありがとうございます」

「そんな堅苦《かたくる》しい挨拶《あいさつ》はいいよ、ユズキ」

母とともに玄関ホールまで出迎《でむか》えてくれた伯爵、セオドア・グレアムは、優《やさ》しげな茶色の目で柚希を見つめてきた。

母より十歳年上で明るい茶色の髪《かみ》をした大柄《おおがら》な人だ。グレーの三《み》つ揃《ぞろ》いを着た姿にはさすがに威厳《いげん》がある。寄りそっている母の方は上品なベージュのスーツという格好だった。

本当は、義理の息子《むすこ》として、柚希も一緒にこの屋敷に住めばいいと勧《すす》められたのだが、それでは甘えすぎだろうと、柚希の方で断った。

「柚希、よく来てくれたわね。いよいよ明日かと思うと、ちょっと心配だったの。あなたが顔を見せてくれてよかったわ」

「母さん?」

柚希は思わず眉《まゆ》をひそめたが、横から伯爵がすかさず腕を伸ばして母の肩《かた》を抱きよせる。

「サユリは私が幸せにする。何も心配ないと言っているのだが」

結婚式を明日に控《ひか》えたふたりは、幸せそのものといった様子で顔を見合わせた。

母はすっかり伯爵を頼《たよ》りにするようになっている。だからもう自分がそばにいる必要はないのだろう。

少し寂《さび》しい気持ちに駆《か》られながらも、柚希は母に向かって微笑《ほほえ》んだ。

「さあ、ユズキ、君はもう私の息子だ。遠慮《えんりょ》せずにゆっくりしなさい」

「ありがとうございます」

柚希は丁寧《ていねい》に礼を言って、伯爵家の応接間に足を踏《ふ》み入れた。

豪華《ごうか》な部屋では伯爵家の息子ふたりが柚希を待ちかまえていた。

奥の肘掛《ひじか》け椅子《いす》にゆったり腰《こし》を下ろし、長い足を組んでいるのが長男のノーマン・グレアムだ。三十歳になるノーマンは伯爵と同じく長身で、髪や瞳《ひとみ》の色も似ている。けれど無骨な印象のある伯爵とはまったく違《ちが》って冷たい感じのするハンサムな顔立ちだった。性格も冷ややかであまり親しみを感じない。

次男のネイサンはマントルピースの横で腕組《うでぐ》みをして立っていた。しゃれたスーツ姿のネイサンは、兄のノーマンより二歳年下とのこと。背格好はよく似ているが、ノーマンほどの鋭《するど》さはない。その分、何を考えているのかわかりにくいところもある。

戸籍《こせき》上はともかく、柚希の義理の兄となる人たちだ。

「こんにちは。明日の結婚式までよろしくお願いします」

柚希はふたりに向かい、丁重に腰を折った。

「ユズキ、ノーマンとネイサンから、ロンドンでのこと、色々と教えてもらえばいいわ。ふたりともグレアムの事業を支えて立派に活躍《かつやく》しているのよ？」

母はにっこりと笑いながら勧めてくる。

柚希より一ケ月も前にこの屋敷にやってきた母は、貴族の暮らしにもなんとかなじんでいるようだ。

柚希はほっと緊張《きんちょう》を解いて、ノーマンの向かい側のソファに腰《こし》を下ろした。

グレアム伯爵が隣《となり》に座り、母が、お茶を頼《たの》んでくると言って、ゆったりきびすを返す。

けれどその母の姿が見えなくなると、ぎこちない雰囲気《ふんいき》になった。

母のためにも伯爵の家族とはいい関係を築いておきたいところだが、ごく普通《ふつう》の家庭で育った柚希は、この豪奢《ごうしゃ》な部屋にいるだけで落ち着かない気分になってしまう。それに、伯爵も兄弟も上質なスーツに身を包み、貴族らしく堂々と構えているが、柚希はいつもどおりなんの変《へん》哲《てつ》もない紺《こん》のスーツを着ているだけ。場《ば》違《ちが》いだという印象は否《いな》めない。

柚希はふっとエドワードのことを思いだした。

エドワードもれっきとした貴族だ。しかも伯爵よりさらに上の爵位《しゃくい》で、タウンハウスの豪華さもこの部屋を上まわっているくらいだ。でもエドワードはいつも優しく接してくれる。

そして、エドワードの整った顔を思い浮《う》かべただけで、柚希の頬は自然と熱くなった。

よけいな思いにとらわれている時ではないのに、エドワードのことばかり考えてしまう。今週末は結婚式で会えなくて残念だったので、恋《こい》しさが増しているのかもしれない。

「ところでユズキ、サユリから仕事先が決まったと聞いたが、どんな会社だ？」

グレアム伯爵に訊ねられ、柚希ははっと我に返った。

「はい、ランドールの貿易部門です」

柚希は何気なく口にしたが、その名前がグレアム家の三人に与《あた》えたショックは大変なものだった。

「今、なんと言った？　まさか、君はランドールに入社したのか？」

伯爵の呆然《ぼうぜん》としたような声に続き、前ではノーマンが忌々《いまいま》しげに吐《は》き捨てる。

「おまえ、正気か？」

「まったく、信じられない馬鹿《ばか》だな」

立っていたネイサンも呆《あき》れ返ったように腕組みを解いている。

柚希には何がなんだか、さっぱりわからなかった。

「どうしたんですか？　ランドールが何か……？」

柚希は三人の顔色を順に窺《うかが》いながら問い返した。

「君はランドールが何か知らないのか？」

伯爵はそう言って眉間《みけん》に皺《しわ》をよせる。

ノーマンは侮蔑を込めるように茶色の目を細めた。

「これだから外国人は……我が国の貴族がどういうものか、まったくわかっていない。ランドールが何か、だと？」

あまりにも冷たい声音《こわね》に、柚希は緊張の度合いを高めた。

「おまえ、どうしてランドールなんかに勤めることにした？」

口を出してきたのはネイサンだ。

「……ロンドン勤務という条件で募集《ぼしゅう》があったので、試験を受けただけです」

「で、ランドールが誰《だれ》の会社か、わかっているのか？」

「誰の会社って……オーナーはE・M・レミントンですが」

ノーマンに鋭く切りこまれ、柚希はか細い声で答えた。

ランドールの総帥エドワードは、個人的な知り合いでもある。しかし、とてもじゃないが、そんなことを言いだせるような雰囲気ではなかった。

「そのE・M・レミントンこそがランドール公爵《こうしゃく》だ。そしてレミントン家とグレアム家は二百年前からの敵《かたき》同士だ。仮にも我が一族に繋《つな》がろうという者が、そんな大事なこと、知らずに済む話か」

酷薄《こくはく》さを漂《ただよ》わせたノーマンが、口元を歪《ゆが》めて吐き捨てる。

「敵……同士？」

柚希は呆然と目を見開いた。

だがノーマンは、いかにも腹立たしげにたたみかけてくる。

「おまえはグレアム家に泥《どろ》を塗《ぬ》るつもりか？　わざわざ敵の会社で職を得るなど、恥《はじ》さらしな！　ランドールは即刻《そっこく》辞めろ！」

冷ややかに命じられ、柚希は息をのんだ。

二百年前からの敵同士……？

それがどういうことなのか、柚希にはまったく見当もつかない。

柚希は助けを求めるように伯爵《はくしゃく》を見た。けれどその伯爵も、何かを考えこむように顎《あご》に手を当てているだけだ。

ノーマンは冷酷《れいこく》そのものといった表情を崩《くず》していない。立っているネイサンもじろりと柚希をにらんでいる。

柚希はどうしていいか、わからなかった。

母のためにもグレアム家の人々とは仲よくしておきたかった。でも、いきなりランドールを辞めろと言われても、従えるはずがない。

せっかく入社できた会社なのだ。今からほかの就職口を探すなど考えられなかった。

それにランドールのオーナーはエドワード。どんな事情があろうと辞めたくはない。

柚希はグレアム家の三人が発する威圧感《いあつかん》にたじたじになりつつも、こくりと喉《のど》を上下させてから口を開いた。

「あの、グレアム家とレミントン家の間に何があったのかはわかりません。でも、伯爵と結婚《けっこん》するのは母です。ぼく自身がグレアム家の一員になるわけではありません。ですから……ランドールは辞めたくありません」

柚希は恐《おそ》れを感じながらも最後まで言い切った。

「なんだと？　ずいぶん生意気な口のきき方をするな」

「ふん、そんな屁理屈《へりくつ》がとおるとでも思っているのか？」

兄弟からいっせいに侮蔑の声をかけられる。

温かみの欠片《かけら》もない様子に、柚希は思わずすくみ上がった。

柚希はもとから歓迎《かんげい》されていなかったのだろう。もしかしたら兄弟は、母と伯爵の結婚にも反対なのかもしれない。

しかし、緊迫《きんぱく》した空気を破ったのは、意外にも伯爵だった。

「まあまあ、皆《みな》、落ち着きなさい。レミントンとグレアムの争いはもう二百年も続いている。だが、ユズキにまでそれを押しつける必要はないだろう」

最初のショックから立ち直ったのか、伯爵の表情には笑《え》みが戻《もど》っている。

思わぬ味方の出現で、柚希はほっと安堵《あんど》の息をついた。

母が席を外している時で幸いだった。こんなことで争う姿は見せたくない。

「父上、甘い顔をしている場合じゃないですよ。いくら籍《せき》には入れないと言っても、明日の結《けっ》婚式《こんしき》が済めば、世間からはこいつもグレアム家の一員だとみなされます」

「ノーマン、少しは口を慎むがいい。ユズキはおまえの義弟《おとうと》になる子だぞ」

「ふん、俺には関係ないですね。だいたい父上が年がいもなく再婚するなどと言いだすから、こんなことになったのでしょう。少しは家族の迷惑《めいわく》も考えてもらいたいものだ」

「ノーマン！」

今度は親子の争いだった。

やはり、母の結婚はよく思われていないのだ。

発端《ほったん》が自分のことであるだけに、柚希ははらはら様子を見守るしかなかった。

しかし、ちょうどその時、柚希の母が応接室に戻ってきた。後ろにいる伯爵家の使用人がアフタヌーンティーの一式を載《の》せたワゴンを押している。

「皆さん、お茶の用意ができましたよ」

何も知らない母は、のんびりとした声をかけてきた。

驚《おどろ》いたことに、グレアム家の男たちがそれでいっせいに表情を改める。

伯爵はにこやかな笑みを浮かべて、母を迎《むか》えるためにソファから立ち上がった。ノーマンとネイサンも礼儀《れいぎ》正《ただ》しくそれに倣《なら》っている。

柚希には信じられないことだったが、グレアム家の人々は完璧《かんぺき》に上辺を取り繕《つくろ》っているのだ。

母が女性だから気を遣《つか》っているのかもしれない。

諍《いさか》いを知られたくないのは柚希も一緒《いっしょ》だった。だから、顔を強《こわ》ばらせながらも、母に向けて懸命に微笑《ほほえ》む。

結婚式は明日に迫《せま》っていた。

今まで苦労してきた母には、ぜひとも幸せになってもらいたい。

柚希は天に祈《いの》るような気持ちだった。

翌日のこと——。

グレアム伯爵家で結婚を祝う盛大な披露宴《ひろうえん》が行われた。

伯爵と柚希の母は教会ではなく、市庁舎に赴《おもむ》いて結婚の手続きを済ませ、午後、屋敷《やしき》の庭でパーティーが開かれたのだ。

ロンドンにしては珍《めずら》しく、空がすっきりと晴れ渡《わた》っていた。頬《ほお》をなぶる風はひんやりとしていたが、陽射《ひざ》しは暖かい。

広大な庭に真っ白なリネンを掛《か》けた何十もの大きなテーブルが持ちだされ、その上にたっぷりご馳走《ちそう》が並べられている。

ガーデンパーティーと言っても、集まった招待客は数百人に及《およ》んでいる感じだった。たとえ再婚《さいこん》でも、伯爵家の結婚式なのだからこれぐらいは当然なのだろう。

「おめでとうございます、伯爵、伯爵夫人」

淡《あわ》いクリーム色のウェディングドレスを着た母は、モーニングコート姿の伯爵に手を取られ、幸せそうに人々の挨拶《あいさつ》を受けている。

柚希もこの日のためにモーニングコートを新調していた。格式の高い貴族の結婚《けっこん》披露宴で母に恥をかかせるわけにはいかない。

誂《あつら》えたモーニングコートはほっそりした姿を際立《きわだ》たせていたが、柚希自身は着慣れない正装に緊張《きんちょう》が高まるばかりだ。

「伯爵が再婚なさると聞いて、どんな方かと興味津々《きょうみしんしん》でしたのよ？　なんでもイケバナをなさっておられたとか」

「そうそう、大きな息子さんもおありだそうよ」

「まあ、それではあちらもご再婚でいらっしゃるの？」

近くのテーブルを囲んでいた女性たちが、いきなり噂話《うわさばなし》を始める。柚希は居心地《いごこち》の悪さを感じて、さりげなくその場から離《はな》れた。

立食パーティーなので、皆、自由に楽しんでいるが、柚希には話をする相手もいない。だが、遠くからでも母を見守るのが今日の柚希の役目だ。会場から逃《に》げだすわけにもいかなかった。

「ミスター、シャンパンをどうぞ」

「あ、はい」

蝶《ちょう》ネクタイをしたウエイターがそばをとおりかかり、飲み物を勧《すす》められる。柚希は反射的にフルートグラスを受け取って、目的もなくまた歩きだした。

母は幸せそうにしているが、これから先、社交界にうまく融《と》けこんでいけるだろうか。

再婚同士ということで、伯爵家の後継《こうけい》問題で叩《たた》かれることはないはずだ。けれど、日本人の妻というだけで大きなハンデになる。

母は人当たりがよく、おっとりした性格だし、伯爵の助けもある。

とにかく、うまくやっていってくれることを祈るだけだ。

柚希は母の様子を窺《うかが》いつつ、長いテーブルをまわりこんだ。しかしよそ見をしていたせいで、角を曲がる時に、長身の男と派手にぶつかってしまった。

「おっ」

「わっ！　すみません！」

柚希は反射的に飛びのいた。だが、次の瞬間《しゅんかん》、蒼白《そうはく》になる。

ぶつかった拍子《ひょうし》に、思いきりグラスの中身を相手にかけてしまったのだ。グレーのモーニングコートにべっとりと染《し》みが広がっている。

「どうしよう！　ご、ごめんなさい！」

柚希は大きな失態でおろおろしながら、長身の男の顔を見上げた。

「ユズキ？　何故《なぜ》、おまえがここに？」

「えっ、エドワード？　どうしてここに？」

お互《たが》いに同じような言葉が口をついて出る。

信じられないことに、ぶつかった相手はエドワードだったのだ。

柚希は狐《きつね》につままれたような気分だった。

昨日、レミントン家とグレアム家の対立話を聞かされたばかりだ。二百年来の敵同士だというのに、どうしてエドワードがグレアム家のパーティーに出席しているのか純粋《じゅんすい》に疑問だった。

エドワードは一分の隙《すき》もない正装で、最初から招待されているとしか思えない。

「もしかしておまえは……？」

エドワードはすっと背後を振《ふ》り返り、それからまた柚希に向き直った。今日のパーティーの主役が日本人女性だったことで、柚希との関係に気づいたのだろう。

「ぼくの母です」

柚希が短く答えると、エドワードの整った顔にきれいな笑みが浮《う》かぶ。

「そうだったのか」

納得《なっとく》したエドワードは、そのままそっと腰《こし》をかがめて耳打ちしてきた。

「ユズキの顔を見るのは来週までお預けかと思っていた。まさか、ここで会えるとは、こんな嬉《うれ》しい偶然《ぐうぜん》はないな」

甘い囁《ささや》きが耳に届いた瞬間、柚希は我知らず真っ赤になった。心臓も条件反射のようにどきどきと高鳴りだす。

「エ、エドワード……」

「そんな顔をしていると、ますます抱《だ》きしめてキスしたくなる」

耳に熱い息がかかり、ぞくりと背筋が震《ふる》える。

けれど、次の瞬間、柚希ははっと我に返った。

「エドワード、服！　染みになってしまいます。あ、どうしよう。誰《だれ》か……」

柚希は失態を思いだし、慌《あわ》ててあたりを見まわした。

伯爵《はくしゃく》家の使用人のほかにも、臨時で多くのスタッフが入ってパーティーを手伝っている。こういったトラブルに対処する係もいるはずだが、誰に言えばいいのかがわからない。

「ユズキ、服のことなら心配しなくていい」

「で、でも、早くなんとかしないと」

エドワードはまごまごしている柚希に笑いかけ、それからごく自然に近くにいた使用人を呼び止めた。

「君、シャンパンをこぼした。控《ひか》え室《しつ》はどこだ？　案内してくれ」

「かしこまりました。こちらへどうぞ」

エドワードは堂々とした態度のままで使用人に続き、柚希もそのあとを追った。

広大な庭から屋敷内に入り、控え室となっている部屋まで行く。

エドワードはその部屋でモーニングの上着を脱《ぬ》いで使用人に渡した。伯爵家の使用人は恭《うやうや》しく受け取って部屋から出ていく。

「この部屋で少し待っていれば、汚《よご》れを落としてくるだろう」

「本当にすみませんでした。ぼくが不注意だったせいで」

「いや、不注意だったのはお互い様だ。それにさっきも言ったはずだ。こんな嬉しい偶然はないと」

エドワードはそう言いながらすうっと手を伸《の》ばしてきた。

柚希は簡単に引きよせられて、広い胸の中に収まる。そのままキスされそうになり、柚希は慌てて身をよじった。

「エドワード、駄目《だめ》です。こんなところで」

「ここには誰もいない。なのに、キスもさせてくれないのか？」

「だって……んっ、ぅ」

拒《こば》もうと思った時には、もう口を塞《ふさ》がれていた。

唇《くちびる》が合わさっただけで、柚希は陶然《とうぜん》となった。

「んっ……んぅ……んっ」

エドワードはしっかりと柚希の腰を引きつけ、濃厚《のうこう》に口づけてくる。

するりと熱い舌が滑《すべ》りこみ、淫《みだ》らに絡《から》められた。

甘い口づけに、すぐ夢中にさせられる。

「……ん、ふ……は、っ」

口づけが解けた時にはもうまともに立っている力も残っていないほどだった。

くったりエドワードに縋《すが》りついていると、食いつくように見つめられる。

「ユズキ、せっかく会えたのに、ここでおまえを抱《だ》けないとは残念だ」

「そんな、エドワード……っ」

柚希はいちだんと頬《ほお》を染めて視線をそらした。

エドワードの手はまだしっかり柚希を抱いたままだ。逃げだすこともできず、羞恥《しゅうち》だけが込み上げてくる。

でも、ここはグレアム伯爵家だ。外には大勢の招待客がいて、使用人もいつ戻《もど》ってくるかもわからない。

それで柚希はふっと思いだした。

「あの、エドワードはどうしてこの披露宴《ひろうえん》に？」

「招待されたから出席したまでだが？」

「いいえ、そうじゃなくて、昨日聞いたんです。グレアム家とレミントン家は、二百年来の敵同士だったと……本当なんですか？」

「ああ、本当だ。二百年前の先祖が所有地のことで揉《も》めたらしい。我がレミントン家では代々グレアムと親しく口をきくことを禁じている」

するりと抱擁《ほうよう》を解いたエドワードが真顔に戻って言う。

柚希は呆然《ぼうぜん》となるばかりだった。

「二百年前に所有地のことで揉めた？　それが今でも続いているのですか？」

「互いのプライドを賭《か》けて意地を張り続ける。貴族にはありがちな争いだ」

「でも、そんな昔のことで」

柚希がぽつりと呟《つぶや》くと、エドワードはにっこり笑いかけてくる。

「おまえの言うとおり、昔の話だ。何もユズキが心配する必要はないだろう」

「でも、ぼく言われたんです。ランドールを辞《や》めろって」

思わず明かすと、エドワードはとたんに整った顔をしかめた。

「そんな馬鹿《ばか》なことを言うとすれば、ノーマン・グレアムか？」

柚希はこくんと頷《うなず》いた。

「ノーマンは昔から融通《ゆうずう》のきかない男だ」

「昔からって、ノーマンのこと、ご存じなんですか？」

「ああ、彼とは同級だ。パブリックスクールから大学と、ずっと一緒《いっしょ》だったからな」

エドワードはなんでもないことのように言う。

ノーマンはあれだけ敵意を剝《む》きだしにしていたのに、エドワードの方はそうでもないのだろうか。

「それで、ランドールを辞めろと言われて、まさか、応じたりしていないだろうな？」

青い目で鋭《するど》く見据《みす》えてきたエドワードに、柚希はゆっくり首を左右に振った。

「いいえ、断りました」

「当然だ」

力強く断定されて、柚希はほっと胸を撫《な》で下ろした。

よかった……。

エドワードのことだから、大丈夫《だいじょうぶ》だと信じていた。けれど、敵の一族と見なされて、会社を辞めろと言われるかもしれないと、一抹《いちまつ》の不安はあったのだ。

「エドワード……それなら、ぼくがグレアム家に関係があっても、許してくれるんですね？」

「当たり前だ。そんな些細《ささい》なことで私の気持ちは変わらない」

エドワードは柚希を宥《なだ》めるように頰に触《ふ》れてくる。

温かな感触《かんしょく》が心地《ここち》よかった。じわりと胸の奥までが熱くなる。

だが、感傷に浸《ひた》っていられたのは、そこまでだった。

「そこで何をしている？」

突然鋭《とつぜんするど》い声が響《ひび》きわたり、柚希はぎくりと身を竦《すく》めた。

振り返ると、部屋の入り口に立っていたのは、今し方噂《うわさ》で名前が出ていたノーマンだった。

柚希は慌ててエドワードから離《はな》れたが、もしかしてキスしていたのを見られたかもしれない。

「シャンパンをこぼしてしまった。今、汚れを落とさせている」

エドワードは悪びれもせず、平然と説明する。

「ほお、シャンパンをな……それで、どうして義理の弟がおまえと一緒なんだ？」

ノーマンはゆったりと近づいてきた。

鋭く咎《とが》めるような視線が突《つ》き刺《さ》さる。

エドワードは柚希を庇《かば》うように一歩前へと進みでた。

「ユズキはここまで案内してくれただけだが？」

「ふん、案内か……ユズキは今日、我がグレアム家の一員となった。かわいい義弟に、勝手な真似《まね》はさせない」

ノーマンとエドワードは互《たが》いに一歩も譲《ゆず》らぬ勢いでにらみ合った。長身のふたりが対峙《たいじ》していると、それだけで威圧感《いあつかん》がある。

「ノーマン・グレアム、おまえも相変わらずだな。忘れているかもしれないが、私はグレアム家の披露パーティーに招かれた客だ。多少便宜《べんぎ》を図《はか》ってもらっただけで、勝手な真似とはな。ユズキの方が、おまえの何倍も礼儀《れいぎ》を心得ている。もうひとつ、ユズキは我がランドール社の社員でもあるのだ」

「言いたいことはそれだけか？　ユズキ、とにかくこっちへ来い。いつまでもそんな男にかかわっているんじゃない」

ノーマンは唐突《とうとつ》に手を伸ばしてきた。エドワードを押しのけて、後ろに隠《かく》れていた柚希の手首をつかむ。

「あっ」

強く手を引っ張られ、柚希は思わずよろめいた。すかさず横からエドワードに支えられたが、それでもノーマンの手は離れなかった。

「義弟から手を離せ！　気安く触れるな」

「ユズキ、大丈夫か？」

ノーマンとエドワードの声が交錯《こうさく》する。

間に挟《はさ》まれた柚希は、とっさにはどう反応していいかわからなかった。

ノーマンが自分を義弟扱《あつか》いするのは、エドワードへの牽制《けんせい》だろう。両家が争っているのは紛《まぎ》れもない事実だ。

エドワードは気にしないようなことを言っていたが、ノーマンに退く気がないとなれば、しっかり受けて立つつもりだ。

自分はどういう態度を取ればいいのだろう？

エドワードの味方をするか、ノーマンの肩《かた》を持つか。心情的にはもちろんエドワードを選んでいるが、母の結婚《けっこん》披露宴で無駄《むだ》な争いは起こしたくない。

となれば、この場はノーマンに従うしかなかった。

「あの、公爵《こうしゃく》……上着はまもなく戻ってくると思います。申し訳ないのですが、ぼくはこれで失礼させていただきます」

瞬時《しゅんじ》に決断した柚希は、そう言ってエドワードに頭を下げた。

再び顔を上げると、エドワードがじっと見つめてくる。別に怒《おこ》っているわけではなく、柚希を心配してくれているような感じだった。

上着を汚《よご》したのは柚希の落ち度だ。それなのに、きちんと見届けもせずにこの場を離れるのは、無責任かつ礼儀にも反した態度だ。

けれど、ここで柚希が我を張れば、ノーマンをますます怒らせてしまう。

エドワードならその辺の事情を察してくれるはずだから、きっと許してくれるだろう。

「行くぞ、ユズキ」

柚希はノーマンに手を引かれるままに、控《ひか》え室《しつ》をあとにした。

途中《とちゅう》で振《ふ》り返ると、エドワードは口元をゆるませている。心配いらないといった感じで微笑《ほほえ》まれ、柚希はようやくほっと息をついた。


来客用の控え室を出たノーマンは、パーティー会場の庭には戻《もど》らずに、屋敷《やしき》の別室へと柚希を連れこんだ。

さほど広くはないが庭に面しており、窓からパーティーの様子が見える。

「おまえ、いつの間にエドワードを手懐《てなず》けた？」

「え？」

ノーマンの言葉がとっさには把握《はあく》できず、柚希は眉《まゆ》をひそめた。

グレアム家の長男は、長い足で部屋を横切り、窓辺にいく。レースのカーテンの隙間《すきま》から会場を確認《かくにん》して、再び柚希へと鋭い視線を向けてきた。

「おまえ、ランドールを辞めたくないと言っていたな？」

「はい」

「いいぞ。認めてやっても」

「え？」

いきなり態度を変えたノーマンに、柚希は不審《ふしん》の眼差《まなざ》しを向けた。

長身で貴族的な顔立ち。モーニングコートを着た姿はとても立派だが、ノーマンの瞳《ひとみ》には相変わらず冷たい光が宿っている。

「おまえはランドールで何をしている？　所属は？」

「企画室《きかく》です」

「それは好都合だ。企画室ならエドワードも頻繁《ひんぱん》に顔を出すだろうし、重要な情報も集めやすい。となれば、おまえにはさっそくひと働きしてもらわないとな」

にやりとした笑《え》みを見せたノーマンに、柚希はいやな予感がした。

「おまえはずいぶんとエドワードに気に入られているようだ。そういうところは母親に似たのか？」

「どういう意味でしょう？」

ろこつな当てこすりに、柚希はさすがにむっとなった。

母まで貶《おとし》めるような言い方は許せない。

「ふん、母親のことだとむきになるか。それもこっちにとっては好都合だ。おまえ、母親が大事なら、もっとエドワードを誘惑《ゆうわく》しろ」

「えっ？」

「エドワードを引きつけて油断させておけと言ってるんだ。そのあとどう動くかは、俺が追って指示を出す」

「ノーマン、あの、どういう意味ですか？　それって、まるでスパイになれとでも言われているみたいですけど」

「ああ、そうだ。最初はおまえをランドールに置いておくなど、とんでもないと思ったが、ほかに利用価値がありそうだからな」

柚希は呆然《ぼうぜん》となった。

ノーマンは本気で柚希をスパイに仕立て上げる気だ。

「なんだ、その不満そうな顔は？」

「そんな卑怯《ひきょう》な真似《まね》はできません！」

柚希はきっとノーマンをにらんで言い切った。

冷酷《れいこく》な男はにやりと口角を上げただけだ。

「ランドールは敵だ。卑怯もくそもあるか。おまえはすでにグレアム家の一員だ。俺の命令には従ってもらうぞ」

「いやです！　できません！」

柚希は激しく首を左右に振った。

するとノーマンはぐいっと柚希の胸元《むなもと》をつかみ、たたみかけてくる。

「母親が大事なら、言うことをきけ」

柚希ははっと息をのんだ。

ノーマンは、柚希が怯《ひる》んだことを見透《みす》かしたように、またにやりと笑う。

「おまえの母親は今日正式にグレアム伯爵《はくしやく》夫人となった。だが、社交界でそれが認められるかどうかは別問題だ。俺やネイサンが協力すれば、社交界でやっていくのも容易《たやす》くなるが、敵にまわせばきっと苦労することになるぞ」

せせら笑うように言われ、柚希は唇《くちびる》を噛《か》みしめた。

卑劣《ひれつ》な脅《おど》しだった。母の幸せを盾《たて》に取るとはひどすぎる。

「は、伯爵はきっと母の味方になってくれます」

「ふん、父の目の届く範囲《はんい》は限られているぞ」

嘲《あざけ》るように言われ、柚希は押し黙《だま》った。

母には幸せになってもらいたい。でもエドワードを裏切ることもできない。

伯爵と母は明日から新婚《しんこん》旅行に出かけることになっている。一ヶ月かけて、色々な国をまわる予定だ。

だから、多少の猶予《ゆうよ》はある。その間になんとかノーマンを説得するしかないだろう。

柚希はびくびくしながらも、真《ま》っ直《す》ぐにノーマンを見つめた。

「ぼくにはやっぱりできません」

柚希が言うと、不遜《ふそん》な男は皮肉っぽく片眉を上げる。

けれど、そのあとノーマンからは、思いがけない答えが返ってきたのだ。

「いいだろう。そこまで言うなら仕方ない。今回は許してやる」

あっさり前言を翻《ひるがえ》したノーマンは、そのままくるりと背を向ける。

ドアから出ていく長身の後ろ姿を見て、ようやく柚希は大きく息をついた。

ノーマンにはこれからも色々と責められるかもしれない。でも、柚希さえ毅然《きぜん》とした態度を取っていればいいだけだ。

母には伯爵がついている。そして自分にもエドワードがいる。

何があろうと、できる限りは自分の力で頑張《がんば》る。そして、どうしても自分で解決できない問題に直面したら、改めてエドワードに相談する。

きっと、その方向で間違《まちが》っていないはずだ。

# 4

グレアム伯爵家で結婚披露宴《けっこんひろうえん》が開かれてから、一週間が経《た》っていた。

毎日忙《いそが》しく過ごしているうちに、企画室での仕事にも徐々《じょじょ》に慣れ、今日は待ち望んでいた金曜日だ。

仕事が終わってからエドワードと会うことになっている。

「さて、そろそろ時間ね。ユズキ、悪いけど最後に、溜《た》まった書類の処分をお願いするわ」

「はい、わかりました。その書類ですか?」

直属の上司となったチーフのジョイスに声をかけられて、柚希は明るい声で問い返した。

金髪《きんぱつ》を短くカットしたジョイスは四十代のやり手のスタッフだ。ゴルフ好きのご主人とふたりの男の子がいるという話だが、企画室でも有数の切れ者でとおっていた。

「悪いわね、ユズキ。あれよ」

ジョイスが指さした方向を見て、柚希は呻《うめ》き声を上げそうになった。

壁際《かべぎわ》に置かれたワゴンいっぱいに書類の束が載《の》っていた。社名入りの分厚い茶封筒《ちゃぶうとう》もごっそり積まれている。一番上に裏向きで置かれた封筒などはまだ真新しく見えるが、すべて処分するらしい。

「すごい量ですね」

柚希は諦《あきら》め半分に呟《つぶや》いた。

この量を全部シュレッダーにかけるとなると、相当時間を食うだろう。

あと五分で終業時刻となる。企画室のスタッフの半数以上がもう帰り支度《じたく》を始めていた。

エドワードとはシティから少し離《はな》れたホテルのレストランで待ち合わせている。残念だが、これで遅刻《ちこく》は確定だった。

「この分量では企画室内で処理するのは無理でしょうから、下の処理室に持ちこんでくれるだけでいいわ」

「え？　この部屋から運びだしていいんですか？」

拍子抜《ひょうしぬ》けした柚希はふうっと肩《かた》の力を抜《ぬ》いた。

処理室まで運ぶだけなら、ほとんど時間もかからない。

「ここにある分はさほど重要な書類でもないから、外で処理しても問題ないわ。ということで、帰る前に運んでね」

「わかりました」

ジョイスはにっこりした笑顔《えがお》を見せ、そのあとくるりときびすを返す。

柚希はさっそく書類を満載《まんさい》したワゴンを押し始めた。

企画室への出入りはかなり厳しく制限されている。一般《いっぱん》の社員は勝手に入室することが許されていないのだ。データの持ちだしはもちろん厳禁。重要書類の処理は室内のシュレッダーを使ったうえで、さらに厳重に密閉箱に入れて廃棄《はいき》されることになっている。

今回は部屋の外に持ちだしての処分なので、さほど大事な書類ではないのだろう。

柚希に任されている仕事はまだ雑用の域を出ていない。それでも今週は新しい企画を立てる会議に参加させてもらった。自分に何ができるのか見極《みきわ》めるまでには至っていないが、柚希はなんでも一生懸命《いっしょうけんめい》にやるつもりだった。

重いワゴンを押しながら廊下《ろうか》を歩いていると、向こうから中村がやってくるのが見えた。

「よお、元気にしてるか?」

「中村さん、珍《めずら》しいですね。こっちに用事だったんですか?」

気軽に手を上げた中村に、柚希も気安く応じる。

貿易部門は別ビルにオフィスがあるので、中村をここで見るのは初めてだった。短い間にすっかりランドールになじんだらしく、着ているスーツもどことなく華《はな》やかで、中村はすでにエリートビジネスマンといった雰囲気《ふんいき》を漂《ただよ》わせている。

「俺は態《てい》のいいメッセンジャーさ。で、企画《きかく》室のホープである君は何をやってるんだ?」

「ぼくも雑用ですよ。処分する書類を運んでいるだけです」

だが柚希が答えた瞬間《しゅんかん》、ワゴンのキャスターが何かに引っかかった。

まずいと思った時は遅《おそ》く、上に載せた書類がばさばさと廊下に落ちてしまう。

柚希は慌《あわ》てて散乱したそれらを拾い上げた。中村も見かねたように手伝ってくれる。

「すみません、中村さん。助かります」

「これぐらい、なんでもないさ」

落下した書類を元どおりにしっかりと積み上げて、中村が最後に拾った薄《うす》めの封筒を上に載せる。

「ありがとうございました。このお礼はまた」

柚希はそう言って、再び重いワゴンを押し始めた。

中村もゆったりした歩調でついてくる。

「これぐらいでお礼をしてもらえるなら、今日、よければ一緒《いっしょ》に食事でもどう？　俺、データを届けたらもう上がりなんだけど」

横に並んだ中村に誘《さそ》われて、柚希はゆっくり首を振《ふ》った。

「すみません。今日は先約があるんです。来週のランチタイムじゃ駄目《だめ》ですか？　いつものパブで奢《おご》らせてもらいますけど」

「うん、まあ、そういうことなら……しかし、羨《うらや》ましい限りだな、今日は恋人《こいびと》とデートなんだろ？」

中村にそう言ってからかわれたとたん、柚希は止めようもなく頰《ほお》を赤らめた。もっと平静にしていられればよかったのだが、これでは本当にデートの約束があると白状したも同然だ。

案の定中村は、俄然《がぜん》興味を覚えたように矢継《やつ》ぎ早《ばや》に問いかけてくる。

「どんな子？　イギリス人？　それともほかの国の子？　君の相手なら、さぞかわいい子だろうね？」

「中村さん、もうやめてください」

たまらず抗議《こうぎ》すると、中村は真顔に戻《もど》って肩をすくめた。

「いや、しつこくして悪い。このところ、モチベーションが下がりまくりでさ、逆にハイになってるんだ」

「貿易部門の仕事、大変なんですか？」

「まあ、な。早く上に行きたくて、努力しているつもりだが、壁《かべ》は厚いって感じだ」

「だって、まだ勤め始めたばかりじゃないですか」

柚希はやや呆《あき》れ気味に訊ね返した。

向上心が旺盛《おうせい》なのはいいが、いくらなんでも数週間でいい結果など出せないだろう。

「君と違《ちが》ってぼくにはコネなんかないからね。ライバルを押しのけるどころか、戦う前に押し潰《つぶ》されてる感じさ」

自嘲《じちょう》気味に言った中村に、柚希はどう答えていいかわからなくなった。

コネじゃない。そう言いたいのは山々だが、エドワードと知り合ったお陰《かげ》で企画室にいるのは事実だ。そして企画室への配属は、ランドールではエリートコースと見なされている。

「君、今まで教えてくれなかったけど、グレアム伯爵《はくしゃく》家と関係あったんだね」

「えっ、どうしてそれを？」

突然《とつぜん》話題を変えられて、柚希は思わず問い返した。

「ネットのニュースだけじゃない。新聞はすべて、隅《すみ》から隅まで目をとおしている。伯爵夫人の旧姓《きゅうせい》は君と同じ森川。顔立ちも君と似てるよ。だけど、記事を読んだ時は、ちょっと落ちこんだな。君とは同じ日本人同士。いい友だちになれたと思ってたんだが、少しも教えてくれなかっただろ。俺、そんなに信用できなかったのか？」

拗《す》ねたようでいて、棘《とげ》のある言い方だ。

中村とはまだ友人と言えるほどのつき合いではない。柚希の方ではそう思っていたので、ちくりと良心の呵責《かしゃく》も覚える。

「すみません。別に隠《かく》しているつもりはなかったんです。母がグレアム伯爵と結婚《けっこん》したのは事実ですけど、僕自身にはなんの関係もない話だし」

「ふーん、なんの関係もなし？　とてもそうは思えないけどね」

中村はまだ納得《なっとく》がいかないように呟いている。

気まずい雰囲気になってしまい、どうしようかと思った時、ちょうど処理室の前に到着《とうちゃく》する。

「すみません、ぼくここなので、また。さっきは本当にありがとうございました」

柚希は軽く頭を下げて、中村のそばを離れた。

悪いとは思ったが、グレアム家との関係をこれ以上取《と》り沙汰《ざた》されたくなかった。

中村は肩をすくめ、そのまま廊下を進んでいく。その後ろ姿を見送って、柚希は処理室のドアを開けた。

処理室には大型のシュレッダーが二台設置され、粉砕《ふんさい》された紙屑《かみくず》を詰《つ》める黒いゴミ袋《ぶくろ》も山と積まれている。その中で、処理専門のスタッフがひとりで忙《いそが》しげに働いていた。

シュレッダーの立てるうるさい機械音に負けないよう、柚希は声を張り上げた。

「すみません、企画室なんですが、これの処理お願いします」

「ああ、そこに置いてってくれ。今、こっちの機械が調子悪くて手が離《はな》せない」

大柄《おおがら》のスタッフは懸命《けんめい》に機械と格闘《かくとう》しているところで振り返りもせずに返事をする。

「それじゃ、よろしくお願いします」

あっさりしたものだが、これで柚希の仕事は終わりだ。

ふうっと息をついて処理室を出たあとは、頭の中がエドワードのことでいっぱいになっていた。

エドワードと待ち合わせたのは、元は貴族の館《やかた》だったという高級ホテルのダイニングだった。高い天井《てんじょう》には無数のシャンデリアが煌《きら》めき、大理石の床《ゆか》には深紅《しんく》の分厚い絨毯《じゅうたん》が敷《し》かれている。そして格調高い場所に相応《ふさわ》しく、客を出迎《でむか》えるホテルマン、ダイニングの支配人やスタッフ、すべてがクラシックな黒のフロックコートか燕尾服《えんびふく》を身につけていた。

エドワードは先に到着《とうちゃく》しており、ロビーで柚希を待っていた。

上質なダークスーツを着たエドワードは、いつもどおり惚《ほ》れ惚《ぼ》れするほどの男ぶりだ。柚希の方は普段《ふだん》どおりのありきたりなスーツ姿。体格もエドワードに比べれば貧弱そのもので、並んで歩くのは正直気後《きおく》れがする。

それでも柚希の心臓はこうしてエドワードに会えただけで、どきどきと高鳴った。

重厚《じゅうこう》なダイニングの中でも一番いい席に案内されて向かい合う。

「食前酒は何になさいますか、公爵《こうしゃく》？」

「私は辛口《からくち》のシェリー酒。ユズキは何がいい？」

やわらかく訊ねられ、柚希はおずおずと首を振った。

こういう格式張ったダイニングには来たことがない。エドワードのタウンハウスで食事をした時よりさらに緊張《きんちょう》していて、何を頼《たの》めばいいのかさっぱりわからなかった。

「この子にはキール・ロワイヤルを」

「かしこまりました、公爵」

エドワードがさりげなくオーダーを済ませてくれて、柚希はほっと息をついた。

「ユズキ、そう緊張することはないぞ」

「はい、でもこんな立派なところ、あまり来たことがなくて」

柚希が正直に本音を明かすと、エドワードは極上《ごくじょう》の笑《え》みを見せる。

青い目でじっと見つめられ、柚希はさらに頰を熱くした。

「この前、伯爵家で会った時は本当に驚《おどろ》いた。あのあと、ノーマンに虐《いじ》められなかったか？」

「いえ……大丈夫《だいじょうぶ》です」

本当は脅《おど》されたのだが、柚希はゆるく首を左右に振った。

いざとなれば助けてもらいたいと思うが、最初から頼《たよ》ってばかりではいけないだろう。

食前酒が運ばれてきて、エドワードはグラスを掲《かか》げた。

「それじゃ、君を独《ひと》り占《じ》めできる素敵《すてき》な夜に乾杯《かんぱい》だ」

「……！」

柚希はひときわどきりとなりながら、繊細《せんさい》なグラスを合わせた。

こんなに幸せでいいのだろうか。

グレアム家との問題は頭の隅にあったものの、柚希はエドワードと一緒にいられるだけで夢見心地《ごこち》になってしまう。

あのフライトでの偶然《ぐうぜん》の出会いがなければ、エドワードは雲の上の人だったはずだ。下《した》っ端《ぱ》の一社員がオーナーと親しく話すことなど皆無《かいむ》だし、パーティーでも声をかけるなどあり得なかったと思う。

柚希はカチリと触《ふ》れ合わせたばかりのグラスを口に運んだ。

ほんのりと甘い上品なカクテルは、柚希をさらに夢見心地にさせた。

「今週はずっと海外だったから、ユズキの顔が見られなかった」

シェリー酒をひと口飲んだエドワードが、わざとらしく眉根《まゆね》をよせる。

「どちらへ行かれたのですか？」

「モスクワから北京に入って、そのあとは北米をまわった」

「そんなに？」

一週間で旅する距離《きょり》ではないだろう。

「ユズキ、本当はおまえを秘書のひとりにして、連れ歩きたいと思っているのだが」

「え？」

「私の我《わ》が儘《まま》な望みだ。おまえはあまり飛行機には乗りたくないのだろう？　だからオーナー権限の発動は自重している」

「エドワード……」

思いもかけないことを言われ、柚希は胸がいっぱいになった。

エドワードはそんなにまでして自分と一緒《いっしょ》にいたいと思ってくれているのだ。そして柚希が飛行機に弱いことを気遣《きづか》って、自重していると……。

嬉《うれ》しくて、思わず涙《なみだ》まで滲《にじ》んできそうだった。

「ぼくが発作を起こすのは、父が飛行機事故に遭ったせいです」

ぽつりと明かすと、エドワードはいっぺんに悲痛な顔つきになる。

「もしかして、亡くなられたのか？」

「ええ、父はパイロットで……ぼくはその時まだ十歳でした。父の死が受け入れられなくて、心理的なダメージが残ったんです。でも、もう平気なはずです。あの時は緊張していたので、たまたま気分が悪くなっただけで……」

柚希は、あまり心配をかけたくないと、無理にも笑みを浮かべて言い募った。けれどその声が徐々《じょじょ》に小さくなる。あの時、エドワードにどれだけ迷惑《めいわく》をかけたかを思いだせば、軽々しく治ったはずですとも言えなかった。

エドワードはテーブルの向こうから、そっと柚希の手を握りしめた。

「ユズキ、父上はお気の毒だったな……発作を克服したいというおまえの気持ちもよくわかった。秘書の件はもう一度きちんと考えておこう」

エドワードは今度も柚希の負担《ふたん》が軽くなるように気遣ってくれているのだ。

こんなに優《やさ》しい人はどこを探してもほかにいないだろう。

みっともない姿をさらしてしまった恥《は》ずかしさはいまだに残っていたが、あの時発作《ほっさ》を起こしてよかったのかもしれない。

前菜から始まってメインのローストビーフに至るまで、エドワードと色々な会話を楽しみながら進めていく。

食前酒のあとで出されたワインも飲んだので、柚希はまた気持ちよくふわふわと酔《よ》いにとらわれていた。

この前も酔ったところを見せてしまったので、気をつけようと思っていたのに、エドワードが勧《すす》め上手なので、ついグラスを重ねてしまった。

それにどんなに酔ってもエドワードはきっと見捨てないでいてくれるという甘えもある。

「さあ、ユズキ、そろそろここは引き揚《あ》げよう」

「はい」

立ち上がった柚希は身体《からだ》を揺《ゆ》らし、すぐにエドワードに支えられた。

「本当はこのホテルの部屋に直行した方がいいのだろうが、ちょっと危険な気もする。私の家まで我慢《がまん》できるか？」

「はい」

甘い囁《ささや》きに柚希はこくりと頷《うなず》くだけだった。

クロークでコートを受け取って、エドワードに腰《こし》を抱《だ》かれながらロビーへと進む。

車寄せにはすでに公爵家のリムジンが待機していた。柚希はふわふわと幸せな気分のままで後部席に乗りこみ、あとから入ってきたエドワードに、また甘えるように体重を預けた。


「ユズキ……おまえはほんとにかわいいな。ずっと会えなくて、我慢の限界だったぞ」

エドワードは狂《くる》おしく言って、柚希の身体を天蓋《てんがい》つきのベッドに押しつけた。

ホテルからタウンハウスへとやって来て、恥ずかしさを感じる暇《ひま》もなくベッドルームまで連れてこられた。

肌《はだ》を合わせるのが当然とでもいったような行動だ。自分にこんな大胆《だいたん》な真似《まね》ができるとは思わなかったが、それもワインの酔いのせいだろう。

「んっ」

唇《くちびる》が合わさっただけで、大きく胸が上下する。

最初は小鳥が餌《えさ》をついばむようなキスだった。柚希が無意識に口を開くと、エドワードの舌がするりと中まで潜《もぐ》りこんでくる。

「んぅ……ん、ふ……っ」

舌が絡《から》むと、いっぺんに体温が上昇《じょうしょう》した。

それでも物足りない気がして、柚希は自分からエドワードの首に腕《うで》を巻きつけて、もっと深いキスをねだった。

淫《みだ》らに絡めた舌を、根元からしっとりと吸い上げられる。

「んん……っ……ふ……っ」

柚希がくぐもった呻《うめ》きを漏《も》らすと、今度はもどかしいほどゆっくりと、口中をくまなく舐《な》められる。

エドワードは口づけを続けながら、器用に手も動かしてきた。

スーツの上着を脱《ぬ》がされ、ネクタイをほどかれて、そのあとシャツのボタンも外された。

素肌《すはだ》があらわになって、するりと胸の頂に触れられた瞬間《しゅんかん》、身体の芯《しん》から熱い疼きが湧《わ》き起こる。

「あ……んっ、エドワード……っ」

唇を離《はな》された時、柚希は思わず甘い声をこぼしていた。

けれどエドワードの口が次に狙《ねら》っていたのは、僅《わず》かな刺激《しげき》できゅっと硬《かた》くなった胸の頂だった。

「かわいい乳首《ちくび》だ」

エドワードは赤くなった先端《せんたん》を口に含《ふく》み、そっと吸い上げてくる。

じんとした刺激が生まれ、それが瞬《また》く間《ま》に全身に伝わっていく。

じっとしていられずに身をよじっても、エドワードの愛撫《あいぶ》は止まらず、今度は左右の乳首を交互《こうご》に指でつまみ上げられた。

「ああっ、や……っ」

「あ……んっ」

柚希が息を詰《つ》めると、エドワードは尖《とが》った先端に指先をあて、円を描《えが》くように動かしてくる。

「やっぱりおまえは胸を弄《いじ》られるのが好きだな。肌が薔薇色に染まってきた」

青い目でじっと見つめられ、肌に手を滑《すべ》らされると、またひときわ身体全体が熱くなる。

「あ……エドワード……っ」

「ユズキはすっかり淫らになった」

やわらかい耳たぶに歯を立てられて、囁かれただけでびくっと腰が浮《う》き上がる。

エドワードが次に触れたのは柚希の下半身だった。

抗《あらが》う暇もなくベルトを抜《ぬ》かれ、スラックスを押し下げられると、恥ずかしく勃《た》ち上がったものがあらわになる。

上からじっとそこを覗《のぞ》きこまれ、柚希は激しく首を振《ふ》った。

「やっ、ぼくだけだなんて……っ」

柚希はシャツが腕に絡まっているだけで、ほとんどの素肌をさらしている。おまけに、もの欲しげに中心を勃たせた淫らな姿なのに、エドワードの方はいまだにダークスーツを身に着けたままだ。

「恥ずかしいのか？」

からかい気味に訊ねられ、柚希はこくんと頷いた。

「だ、から……エドワードも……っ」

柚希は掠《かす》れた声で囁きながら、そっとエドワードのスーツに手を伸《の》ばした。

自分だけ気持ちよくなってしまうのはいやだ。だからエドワードも一緒に……。

けれど、スーツに触れたとたん、柚希ははっと我に返った。

自分からこんな真似をするなんて信じられない。どうかしていたのだ。

どうしようもなくて、柚希は泣きそうな目でエドワードを見つめた。

「ユズキ」

エドワードは柚希の様子にくすりと忍《しの》び笑いを漏らし、そのあとは自分でも待ちきれなかったように、性急にスーツの上着を脱ぎ捨てた。

シャツのボタンも外され、ちらりと覗いた逞しい胸に柚希は息をのんだ。

エドワードは再び柚希の上に覆《おお》い被《かぶ》さって、本格的に愛撫を始めた。

「ユズキ、赤く尖らせた粒《つぶ》をもっとかわいがってあげよう。好きだったはずだな？」

「え、やっ、違《ちが》……ああっ」

首を振った時はすでに遅《おそ》く、ちゅくっと濡《ぬ》れた音をさせながら乳首の先端が吸い上げられる。

ひときわ強い刺激が走り抜け、柚希は大きく背中を反り返らせた。

エドワードは左右交互に何度も敏感《びんかん》な先端を口に含み、吸い上げてくる。

「やっ、やめ……っ、もういやっ、そこは、やっ」

強い快感に堪《た》えきれず、柚希はたまらず訴《うった》えた。

目尻《めじり》に涙《なみだ》を溜《た》めて、小刻みに首を横に振ると、エドワードがようやく愛撫を止《や》める。

宥《なだ》めるようにそっと抱《だ》きしめられた。

「感じすぎて怖《こわ》くなったのか、ユズキ」

エドワードはふわりと笑い、そのあと唇に何度も軽くキスされる。

けれど、乳首への愛撫で熱くなってしまった身体はそれだけでは収まらず、疼きも大きくなるばかりだ。

「んっ」

焦《じ》れったくてたまらなくなった頃《ころ》に、エドワードの手がすっと下半身に滑らされた。

中心はすでに硬くそそり勃っている。それを大きな手でそっと握《にぎ》られて、柚希はびくんと腰を浮かせた。

ゆっくり上下に擦《こす》られると、熱くなった場所がさらにはしたなく張りつめる。

「すっかり硬くなっている。先端からいっぱい蜜《みつ》が溢《あふ》れているぞ」

「やっ、言わないで……っ、恥《は》ずかしい……から」

柚希は思わず抗議《こうぎ》の声を上げた。

「恥ずかしい？　しかし、私も同じだ。ユズキが欲しくてこうなった」

シーツを握りしめていた左手をつかまれて、エドワードの中心へと導かれる。布越《ご》しに触れただけでも、そこは火傷《やけど》でもしそうなほど熱くなっていた。

エドワードも自分を求めてくれている。

勇気を得た柚希は、そろそろとエドワードのスラックスを乱して、中まで手を差し入れた。

こんな大胆な真似をする自分が信じられない。それでも、エドワードが求めてくれているなら、自分からもしたかった。

やわらかく包みこむと、エドワードがさらに大きくなる。

顕著《けんちょ》な反応に驚《おどろ》いて、慌《あわ》てて手を引こうとすると、今度は柚希の中心が大きな手で柔《やわ》らかく揉《も》みしだかれた。

「あ……くっ……ああっ」

呼吸が苦しいほどに乱れ、一気に体温が上昇する。

そして互《たが》いに触れ合っていたのに、柚希の方はすぐに限界を超《こ》えた。

気持ちがよくてたまらない。これ以上はとても我慢《がまん》できない。

柚希は無意識に、ねだるように腰《こし》を突《つ》き上げた。

「ユズキ……このまま達《い》きたいか?」

「……エドワードと、一緒《いっしょ》が……いい……っ」

柚希は涙で滲《にじ》んだ目でエドワードを見上げ、切れ切れに訴《うった》えた。

「たまらないぞ、ユズキ。どうしてそう無邪気《むじゃき》に私を誘惑《ゆうわく》する? 優《やさ》しくしてあげようと思っていたのに、これじゃとても駄目《だめ》だな」

エドワードはため息混じりに言いながら体勢を変えた。

「えっ?」

「うつ伏《ぶ》せになって腰を高くしなさい」

「え、や、あっ」

いきなり命令口調になったエドワードは、柚希の答えも聞かずにその細い身体《からだ》を裏返した。

両足を大きく開かされ、腰も高く掲《かか》げられる。

さらにエドワードは両手で柚希の双丘《そうきゅう》をつかみ、くいっと無造作に狭間《はざま》を広げる。

「あっ!」

いきなりそこに濡れた感触《かんしょく》が貼《は》りついて、柚希は鋭《するど》く息をのんだ。

エドワードの指で開かれた場所が舐《な》められている。唾液《だえき》を送りこむように、何度も熱い舌を這《は》わされた。

あまりの羞恥《しゅうち》で気が変になりそうなのに、エドワードはさらに中にまで舌を挿《さ》しこんでくる。

「いやっ……あ……っ」

　これ以上は我慢できない。

　シーツをつかみ、前のめりでいやらしい愛撫から逃《のが》れようとしたが、両手でしっかりと腰をつかまれて、引き戻《もど》される。

「ちゃんと濡らすまで我慢しなさい」

「やっ……ああっ」

　愛撫はひとつに繋《つな》がるための準備だ。それでも死にそうなほど恥ずかしい。

　けれどエドワードの熱い舌でゆっくり丁寧《ていねい》にほぐされると、そこが徐々《じょじょ》にとろけ、気持ちよくてたまらなくなってしまう。

「ああっ、あ、あっ」

　舐められるたびに、柚希はひっきりなしに高い声を出した。

　充分《じゅうぶん》に濡らされた場所に次は長い指が宛《あて》がわれる。柚希の蕾《つぼみ》は待ちきれなかったようにその指を深くまでのみこんだ。

「ユズキ、中が熱くなっているぞ」

　羞恥を誘《さそ》う台詞《せりふ》とともに、蜜でたっぷり濡れた長い指を出し入れされる。狭《せま》い内部を広げるように奥の奥まで探《さぐ》られた。

　エドワードの指が特別敏感な場所を掠め、柚希は大きく仰《の》け反った。

「ああっ」

強い刺激《しげき》が頭頂まで走り抜《ぬ》け、たまらず腰をくねらせると、エドワードの愛撫《あいぶ》はよけいその場所に集中する。

「や、あっ……そこは……っ、もう、いやっ」

「どうして？　この前もここが気持ちよさそうだった」

「やっ……ああ……っ」

エドワードは優しい囁《ささや》きをくり返しながらも、内部をしつこく掻《か》きまわす。指の数を増やされて、とろとろになるまで中を弄《いじ》られる。

「もう……や……っ」

掠れた悲鳴を上げると、エドワードはようやく中から指を引き抜く。

「ユズキ、いいね？」

指の代わりに宛がわれたのは、恐《おそ》ろしいほど熱くなっているエドワードだった。

腰を抱《かか》え直された直後、その太い先端《せんたん》がぐっと濡れた蕾に突き挿さる。

「あ、あぁ……ぁ……」

「ユズキ、力を抜いてもっと奥まで私を受け入れてくれ」

「あ、あぁぁ――っ」

中まで一気にぐいっと逞しい灼熱《しゃくねつ》の杭《くい》を埋《う》めこまれる。

熱く脈打つエドワードが、奥の奥まで到達《とうたつ》した。

「ユズキ……」

エドワードは柚希の中心に手を伸《の》ばし、やわらかく握りしめてきた。そうしてじっと柚希の緊張《きんちょう》がとけるのを待っている。

「ふ……エドワード……んっ」

声を出したとたん、柚希は中のエドワードを無意識に締《し》めつけた。

そしてエドワードがゆっくり腰を動かし始める。

「あ、やっ」

太いもので敏感な壁《かべ》を擦られると、身体の奥から深い快感が波のように湧《わ》き起こる。

最奥まで太いもので割り開かれて、苦しくてたまらないのに気持ちがいい。

張りつめた中心を、エドワードの手であやされながら、何度も深みを抉《えぐ》るように突き上げられると、そのたびにエドワードと繋がった奥で、我慢できないほどの疼きが生まれた。

「ユズキ……素敵《すてき》だよ」

ひときわ強く抱《だ》きしめられて、耳元で甘く囁かれる。

次の瞬間《しゅんかん》、柚希はあっけなく上りつめ、思うさま白濁《はくだく》を噴《ふ》き上げた。

# 5

「おはようございます」

その朝、柚希は元気よく挨拶《あいさつ》をして企画室《きかく》の部屋に入った。

先に出社していたスタッフは十人ほど。皆《みな》でひとつのデスクを囲んでいる。

「あ、ユズキね。おはよう」

「おはよう」

返ってきた声は、どれもそっけなく、まるで怒《おこ》っているように聞こえた。

柚希は小さく首を傾《かし》げた。

違和感《いわかん》はビル内に入る時から覚えていた。ランドールの社員が皆、何かで怒《いか》りを掻き立てられている印象なのだ。

「どうかしたんですか？」

柚希はそれとなく訊ねながら、皆の集まっているデスクに近づいた。

上に広げてあったのはスキャンダルばかり扱《あつか》うタブロイド紙だった。

写りの悪い大判の写真と派手な見出しの文字。

――公爵《こうしゃく》の今度のお相手はきれいな黒髪《くろかみ》の美少年。

――甘い夜をすごすふたり。

ピントの惚《ぼ》けた写真が目に入ったとたん、柚希は鋭く息をのんだ。

エドワードだ。いくら写りが悪くても、ハンサムな横顔と逞しい長身は見違えようがない。

エドワードのスキャンダルが掲載《けいさい》されたのだ。

そしてエドワードが抱きかかえている美少年というのは、明らかに柚希のことだった。

柚希は恐怖《きょうふ》にとらわれて、きめの粗《あら》い紙面に見入った。

エドワードの顔ははっきり写っているが、柚希の方は本人とはわからないようにぼかしてある。けれど、面白《おもしろ》おかしく書き立ててある煽《あお》りを裏づけるように、写真のふたりは熱く見つめ合っていた。

柚希は蒼白《そうはく》になった。

間違《まちが》いない。先週、ホテルで食事をしたあとの写真だ。ワインで酔《よ》っていたから、リムジンに乗るまでエドワードはずっと柚希を抱きかかえていた。そして煽りにあるとおり、そのあとレミントン家のタウンハウスで、エドワードに抱《だ》かれたのだ。

どうしよう……どうすればいい？

膝《ひざ》ががくがくして、その場で蹲《うずくま》ってしまいそうになる。

エドワードをとんでもないスキャンダルに巻きこんでしまった。

「さあ、くだらないタブロイド紙に見入ってないで、仕事、仕事」

「はーい、わかりました」

チーフのかけ声で、集まっていたスタッフがそれぞれ仕事の準備を始める。

それでも柚希はその場から動けず、爪《つめ》が食いこむ勢いで握《にぎ》りしめた両手を震わせていた。

「さあ、ユズキもどうしたの？　今日は例の企画を進めるから、資料の準備をして」

チーフのジョイスにぽんと肩《かた》を叩《たた》かれて、柚希はぎくりとすくみ上がった。

気づかないのだろうか？

エドワードの隣《となり》にいるのは自分だ。顔は写っていないにしても、背格好はわかる。それに黒髪の美少年と書かれているのに……。

柚希はぎこちなくあたりに目をやったが、スタッフは誰《だれ》も不審《ふしん》に思っていないようだった。

とにかく一刻も早く、エドワードに会って、このことを話さなければ！

こんなの、よくない。許しておけない。エドワードの名誉《めいよ》を傷つけ、貶《おとし》めるような記事を野放しになどしておけない。絶対に駄目《だめ》だ。

でも……会って、何を話せばいい？

柚希のせいでこんなことになったのに、いったい何を話せばいいというのだ？

それに慌《あわ》てたせいで忘れていたが、エドワードはまた出張中のはずだ。

「ユズキ、何してるの？　さっさと仕事にかかって」

「あ、はい！　すみません」

ジョイスに鋭《するど》く叱責《しっせき》され、柚希は反射的に動きだした。ここ何週間かで覚えたとおりの手順でただ機械的に身体《からだ》を動かす。

自分のデスクについてPCを立ち上げ、新規事業に関する企画で、割り振《ふ》られた部分の検討に入った。

昼休みになるまでほかには何もできない。じりじりとした焦燥《しょうそう》に駆《か》られながらも、柚希はただ淡々《たんたん》と仕事をこなす。

そしてランチタイムになったと同時に、柚希は急いで会社を飛びだした。

さっきは見出しと写真を見ただけだ。とにかくもっと記事の内容を詳《くわ》しく知る必要がある。

柚希は通りにある売店でくだんの新聞を手に入れた。表で読む勇気はなかったので、いつもランチを取るパブにいく。

カウンター席でさっそく新聞を広げ、食い入るように記事の本文を読んだ。

――公爵の新しい愛人が激白。

――ぼくはこうして公爵に愛された。

ひどい内容だった。公爵の愛人、つまりこれは柚希のことだ。その柚希が公爵との淫《みだ》らな夜を告白するという形で記事が書かれている。

「こんなの……っ」

柚希はスキャンダル専門の新聞を両手でぐしゃっと握りしめた。

柚希がエドワードに愛されたのは紛《まぎ》れもない事実だ。でも、美しい思い出となった夜が、汚《けが》されたようで、いたたまれない。

公爵としての名誉も汚すような書き方で、柚希の胸は申し訳なさでいっぱいになった。

これも自分のような者がエドワードの近くにいたせいだ。

一緒《いっしょ》にいられるのが嬉《うれ》しくて、浮《う》かれていた。

エドワードの優《やさ》しさに甘え、調子に乗っていたから、こんなふうにしっぺ返しをくったのだ。

どうしよう……どうすればいい？

対策など何も考えられず頭を振る。

と、その時、後ろからぽんと肩を叩かれ、柚希はぎくりとなった。

「おい、どうした？　難しい顔をして？」

中村だった。

いつもより、さらにしゃれた感じのスーツを着た中村が、訝しげに覗《のぞ》きこんでいた。

「な、中村……さん」

この前、廊下《ろうか》で会った時、ぎこちない雰囲気《ふんいき》になったこともあり、柚希は思わず頬《ほお》を強《こわ》ばらせた。

中村の方はなんのわだかまりもなさそうに、柚希の隣に腰《こし》を下ろす。

だが、その中村は突然《とつぜん》にやりと口元をゆるめて、柚希が握りしめた新聞を指さした。

「俺も読んだ……それ、君だろ？」

「！」

いきなり核心《かくしん》を突《つ》かれ、柚希は息をのんだ。

とっさには誤魔化《ごまか》しようもなく、それでよけい中村には確信を持たれてしまう。

「やっぱりな。それで俺も納得《なっとく》したよ。君、最初から愛人だったから、俺とは配属先が違《ちが》ったんだな」

苦笑《くしょう》交じりに言われても、返事などできるはずもない。

違う、と言いたいところだが、エドワードが上から指示して柚希を企画室に入れたことは事実で、否定のしようがなかった。

「ぼくは……こんなこと……違う、から」

柚希は何度もつかえながら口にした。

なんとしても誤解を解かなくてはならなかった。記事の中身はでたらめだ。エドワードを誹《ひ》謗《ぼう》し、名誉を著《いちじる》しく傷つけるような書き方がされている。

自分はどうなってもいいが、エドワードの名誉だけはなんとしても守りたかった。

「三流新聞のスキャンダル記事など、八割方は捏造《ねつぞう》だと相場が決まってる。君が自分でネタを売ったなんて、思ってないさ」

中村は柚希の焦燥を察したように、そんなことを言って肩をすくめる。

けれど、中村の言葉は少しも慰《なぐさ》めにならなかった。

逆に、柚希がわざとネタを売った。そう思われる可能性も大だと知らされて、愕然《がくぜん》となる。

海外にいるエドワードはまだこの記事を見ていないはずだ。

でもロンドンに戻《もど》ってきてこれを知ったら、なんと思うのだろうか？

まさか、とは思うけれど、柚希が書かせた記事だと疑ったりしないだろうか？

恐《おそ》ろしいことを思い浮かべた柚希は懸命《けんめい》にかぶりを振った。

いや、そんなことはどうでもいい。大事なのは、どうやってエドワードの名誉を守るかだ。

自分のことなど、どうなろうとかまわなかった。非難し、笑うなら、それでもいいのだ。

エドワードの名誉さえ守れるなら、ほかのことはどうだっていい。

今すぐエドワードに会いたいけれど、柚希が近づけばよけい迷惑《めいわく》をかけるかもしれない。

こういう時は素知らぬ顔で距離《きより》を取り、火の手が収まるのを待つ方が利口なのだろう。

企画《きかく》室でだって、誰も柚希を疑っていなかった。みんなスキャンダルが出まわったことを怒《おこ》っていただけで。だから、今はじっとしているのが一番なのだ。

柚希は隣に中村がいることさえ忘れ果て、物思いに耽《ふけ》った。

だが、その時、ポケットに入れた携帯《けいたい》に着信がある。

慌てて確認《かくにん》すると、エドワードのプライベートな番号だった。このタイミングでかけてきてくれるとは、信じられないほどだ。

「ごめん、ちょっと失礼します」

一気に頭が冷えた柚希は、さりげなく中村に断りを入れて席を立った。

パブの表へと移動しながら携帯を耳に当てる。

『ユズキ、大丈夫《だいじょうぶ》か？』

いつもどおりに落ち着いた声を聞いて、柚希は胸が熱くなった。

「エドワード、すみません。あの、ご存じですか？　この前ホテルで写真を撮《と》られてしまったらしくて、ひどい中傷記事が出たんです」

『ああ、その件ならすでに報告を受けている。それでおまえに連絡《れんらく》したのだ』

「ごめんなさい。ぼくのせいです。ぼくのせいで、あんな記事」

『ユズキのせいじゃない。私の配慮《はいりょ》が足りなかった。すまん。写真を撮ったパパラッチは全力で捜させているところだ。新聞社の方にも圧力をかけて、訂正《ていせい》記事を掲載《けいさい》させる。誰にもおまえを傷つけさせない。だから安心しているといい』

力強い言葉に、堪《こら》えていた涙《なみだ》が滲《にじ》んでくる。

何もかも、最初からエドワードに任せておくだけでよかったのだ。

『ユズキ、聞いているか？』

「はい、エドワード……っ」

胸が詰《つ》まって声にならない。柚希は必死に携帯を握《にぎ》りしめて声を絞《しぼ》りだした。

『ユズキ？　どうした？』

「ううん、なんでもありません」

『おまえのことが心配だ。パパラッチを捕《つか》まえるまでは警戒《けいかい》も必要だろう。ユズキ、おまえさえよければ、この前言っていた秘書の件、本気で考えてみないか？』

エドワードは心から柚希を気遣《きづか》うように、深い声を出した。

「エドワード、でも、今ぼくがあなたのそばに行けば、よけいまわりに勘《かん》づかれてしまうかもしれません」

『ユズキ、おまえは何も悪いことをしていない。あんなぼけた写真では、誰《だれ》もおまえだと気づかないだろうが、もし何か言われたとしても、堂々としていればいい。おまえはランドールの社員だ。私と食事をしても、なんらおかしなことはない。食事に行ったことだけを認め、あとは知らないと言えばいい。わかったな？』

「はい、エドワード」

柚希はどうしていいかと、おたおたしていた自分が恥《は》ずかしくなった。

エドワードの言うとおり、何も悪いことはしていない。だから堂々としていればいいのだ。

『すぐに戻ってやれなくて、すまない。三日だけ待ってくれ。とにかく私がロンドンに戻るまで、身辺には充分《じゅうぶん》に気をつけなさい。いいね？』

「エドワード……すみません。何もかも……」

携帯が切れたあとも、柚希はしばらくその場から動けなかった。

エドワードにはいつも助けられてばかりいる。そして、こんな時だからこそ、本気で気遣ってもらえたことが嬉しかった。

エドワードがロンドンに帰ってくるまで、あと三日。

企画室から秘書室へ異動になる件は、その時また話があるだろう。とにかく今はランドールの一員として、しっかり仕事をこなしていればいいだけだ。

それから三日間、柚希は与《あた》えられた仕事を黙々《もくもく》とこなしていた。

幸いにして、スキャンダル記事を取《と》り沙汰《ざた》する者は誰もいなかった。ランドール社に勤める者ならば、むしろそれが当然の反応だった。オーナーを中傷する記事が出て怒《いか》りを覚えたとしても、踊《おど》らされる者などいなかったのだ。

そして今日はエドワードが帰ってくる。

不安はほとんど残っていなかったが、エドワードの顔を見られるだけでも嬉しい。

仕事が終わるまでには、きっと連絡もあるだろう。

けれど、柚希を待っていたのは、思いがけない事件だった。

午後の企画室には、どことなくぴりぴりとした緊張感《きんちょうかん》があった。皆《みな》、それぞれの仕事をこなしているのだが、幹部クラスのスタッフが何度も慌《あわ》ただしく出入りしていた。

そして、チーフのジョイスから声をかけられたのは、夕方近くのことだった。

「ユズキ、ちょっと」

呼ばれて席を立った柚希は思わず息をのんだ。

ジョイスの表情がやけに険しかったからだ。じっと咎《とが》めるように見つめられ、柚希は慌てて割り振《ふ》られた仕事の内容を脳裏《のうり》に思《おも》い浮《う》かべた。

今朝からの仕事で怒られるようなミスはしなかったと思う。

「私と一緒《いっしょ》に来てちょうだい」

ジョイスは冷ややかに柚希を見据《みす》えて命じる。

上司としてのジョイスは厳しいばかりではない。ふたりの息子《むすこ》を持つ主婦らしく、優《やさ》しい面もある。それなのに今のジョイスは柚希に対し、ひどく腹を立てているような印象だった。

黒のパンツスーツを着たジョイスはさっさと背を向けて歩きだし、質問などできるような雰《ふん》囲気《いき》ではない。

黙《だま》ってあとに続くと、ジョイスはオーナー専用階行きのリフトに乗りこんだ。

それで柚希はますます不安《ふあん》に駆《か》られた。

プライベートな用事以外で、この階を訪《おとず》れたのは初めてだ。と、なれば、もしかしてあのスキャンダル記事絡《がら》みのことだろうか。

廊下《ろうか》を進んだジョイスは特別会議室のプレートがかかったドアをノックする。

「さあ入って、ユズキ」

「は、はい……」

柚希は緊張《きんちょう》で表情を強《こわ》ばらせながらジョイスに続いて室内に入った。

すっきりとしたクリーム色ベースのインテリアでまとめられた会議室には、ほかのスタッフも八人ほど顔を揃《そろ》えていた。そのうち半分が企画室のベテランだ。

そして中央に、厳しい表情を漂《ただよ》わせたエドワードの姿を見つけ、柚希ははっとなった。

やはりエドワードは予定どおりロンドンに戻ってきたのだ。

思わずじっと見つめると、青い瞳《ひとみ》と視線が絡《から》む。

エドワードはいかにも心配だと言いたげに、見つめ返してくる。柚希はそれだけで、不安が解消されるようだった。

エドワードがそばにいるなら、何も心配することはない。

「そこにかけたまえ、ミスター・モリカワ。君に訊きたいことがある」

「はい……」

幹部スタッフのひとりに重々しく声をかけられて、柚希は大きな楕円形《だえん》のテーブルについた。エドワードからは正面になるが、一番遠い席だ。

「企画室《きかく》で重大な情報漏洩《ろうえい》があった」

「情報、漏洩……？」

柚希は思わず目を見開いた。

会議の進行を引き受けているのは、五十絡みで恰幅のいい銀髪の男だった。今まで顔を見たことはないが、おそらく重役クラスだろう。

「ここにいるスタッフは、君が犯人ではないかと疑っている」

「えっ！」

あまりのことに柚希は絶句した。

スキャンダルの件ならともかく、情報漏洩だなんて、なんのことだか、さっぱりわからない。

柚希は不安で胃の縮む思いをしながら、遠くのエドワードに視線を移した。

いつもどおり上質のスーツに身を固め、疲《つか》れなどいっさい見せない顔。けれど、今その顔には、先ほどとは違《ちが》って不快そうな表情が浮かんでいた。

眉間《みけん》に皺《しわ》をよせ、腕《うで》を組んだエドワードに、柚希は我知らずまた不安を煽《あお》られる。

「何も知らない。そう言いたそうな顔だな」

「ぼくは何も知りません」

「だが、色々と検討した結果、犯人は君しかいないだろうということになった」

「犯人……？　ぼくが？　いったいなんの犯人だと？」

柚希は訊ね返したあとで、くっと唇《くちびる》を噛《か》みしめた。

「二週間前だ。君はジョイスに命じられて、ワゴンに書類を載《の》せて処理室へ行ったな？　その時、機密書類を一緒に持ちだしたのではないか？」

「そんな、まさか！　ぼくはチーフに言われてすぐ企画室を出ました。よけいなものを持ちだすなんて、そんなことしてません！」

まったく身に覚えがないことを言われ、柚希はすぐさま否定した。

「君は疑われないように、いったん手ぶらで企画室に戻《もど》り、帰り支度《じたく》を済ませてから処理室へその書類を取りに行った。シュレッダーは故障中だった。だから、充分間に合うと踏《ふ》んだのだろう。係は君がワゴンを持ちこんでから十分後に、忘れ物を取りに来たと証言している」

「忘れ物を取りに？　ぼくは行ってません！　誤解です！　機密書類も、なんのことかわかりません。お願いです。信じてください！」

柚希は血の気の引いた顔で、懸命《けんめい》に言《い》い募《つの》った。

集まったスタッフは誰ひとり口をきこうとしない。

柚希は助けを求めるようにエドワードに視線を移した。この窮地《きゅうち》から救いだしてくれるのは、エドワードしかいない。

だが整った顔には苛立《いらだ》たしげな表情が浮かんでいるだけだ。

こんな時、エドワードなら、きっと真っ先に助けてくれる。そう信じていたのに、口を開こうともしない。

エドワードは口元を歪《ゆが》め、刺すように柚希を見据えていたが、そのうち何故《なぜ》かすっと眼差《まなざ》しをそらしてしまう。

まさか……エドワードも疑っている？

嘘《うそ》だ！　そんなはずはない。エドワードはきっと信じてくれる。

柚希は縋《すが》るようにエドワードを見つめ続けたが、視線が戻ってくることはなかった。

いやだ。こんなの、いやだ。

柚希はいっそう恐怖《きょうふ》を感じて、膝《ひざ》の上に置いた両手を震わせた。ぎゅっと爪《つめ》が食いこむ勢いで握《にぎ》りしめても、震えが止まらない。

「いずれにしろ状況《じょうきょう》証拠《しょうこ》ばかりだ。君の自白がなければ、これ以上はどうにもならない。ミスター・モリカワ、君は企画室の書類を持ちだしたことを認めるか？」

柚希はふらふらと立ち上がった。

膝もがくがくしてまともに立っていられなかったが、懸命に重役をにらんだ。

「ぼくじゃありません」

激しく首を左右に振ると、重役は柚希の頑固《がんこ》さに愛想《あいそ》を尽《つ》かしたように、わざとらしいため息をつく。

「ミスター・モリカワ、君の母上は、この前グレアム伯爵《はくしゃく》と結婚《けっこん》されたそうだね」

「は、はい……」

「機密の漏洩先はグレアムの所有する企業《きぎょう》だ」

あっさり明かされて、柚希はぎくりとなった。

「君のほかにはグレアムと繋《つな》がりを持つ者はいない。ランドール公爵《こうしゃく》であるレミントン家と君の家族となったグレアム伯爵家は、二百年来の敵同士。イギリス人ならば知らぬ者とていない。君は日本国籍《こくせき》を有していることを利用したのではないか？　グレアムの一族とは関係ない。そう思わせてランドールに入社し、チャンスが巡《めぐ》ってくるのを待っていたのではないのか？」

重役の言葉は柚希の耳を素《す》どおりした。少しも頭に入ってこない。

けれどひとつだけはっきりしているのは、柚希がグレアム家のために背信行為《こうい》に走ったと疑われていることだった。

結婚披露《ひろう》のパーティーの時、エドワードは両家の争いなど関係ないと言ってくれたのに、あれも嘘だったのだろうか。

エドワード……！

お願いだから、何か言ってください！

柚希は縋るようにエドワードを見つめ続けた。

ところがエドワードは、眉根《まゆね》をよせたままで目を閉じてしまう。

テーブルの上には大きな手が置かれていた。柚希をあれだけ優《やさ》しく愛撫《あいぶ》してくれた手が、怒《いか》りを込めるかのように握りしめられている。

エドワードが怒《おこ》っているのは、信じていた柚希が裏切ったと思っているからだろうか。

整った顔からは何ひとつ気持ちが読み取れなかった。

ほんの少しでいい。笑いかけてくれたらどんなに安心できるかわからないのに……。

「ミスター・モリカワ。今回の件、警察沙汰《ざた》にはしないことになった。君が犯人であるとの疑いは濃厚《のうこう》だが、証拠《しょうこ》はまだ出揃《でそろ》っていない。君は当分、自宅で謹慎《きんしん》ということになる。以上だ」

「待ってください！　待って！　ぼくはやってません！　ぼくじゃないっ！」

柚希は必死に叫《さけ》んだ。

だが、謹慎を通告した重役は、それきりで席を立つ。

「公爵、お急ぎください。次の約束が」

いつもの秘書にさりげなく促《うなが》され、エドワードもがたんと音をさせて席を離《はな》れた。

会議室から出ていく時、エドワードは一度だけ後ろを振《ふ》り返った。

けれど端整《たんせい》な顔には最後まで笑《え》みが浮《う》かぶことはなかったのだ。

信じてもらえなかった？

見捨てられてしまった……！

柚希は完全に打ちのめされていた。

自分の身はどうなってもいい。でもエドワードに信じてもらえなかったら、これからどうすればいいのだろう。

ショックで呆然《ぼうぜん》としている間に、ほかのスタッフもがたがたと順に席を立っていく。

会議室に残ったのは、柚希とジョイスのふたりだった。

「ユズキ、私はとても残念だわ。あなたは真面目《まじめ》だし、仕事も教え甲斐《がい》があると思っていた。公爵家と伯爵家の争いが今でも続いているのは知っているわ。でも、そんなの馬鹿馬鹿《ばかばか》しいだけでしょう？　私にはとても信じられない。少なくとも、あなたはグレアムの血は引いていないじゃない。それなのに、どうして？」

優しげな言葉だったけれど、疑われていることに変わりはなかった。

柚希はじっとジョイスの顔を見つめた。

「ぼくは……やってません……本当にやってないんです」

気をゆるめると涙《なみだ》が出そうだった。でも、いわれのない疑いを受けたせいで泣くなんて、いやだった。

唇を嚙みしめていると、ジョイスが痛ましげに茶色の目を細める。

「ユズキ……あなたを信じたいわ」

「チーフ……っ」

思いがけないことを言われ、柚希は声を詰《つ》まらせた。

やり手の上司は大きく息をつく。

「私も悪かったのよ。あなたにワゴンで書類を運んでくれと頼《たの》んだのは私だもの。それさえなければ、起きなかった事件でしょう」

「チーフ、信じてください。ぼくは本当に……」

懸命に訴《うった》えると、ジョイスがまたため息をつく。

「いいわ、そこまで言うなら、もう一度調べてみるわ。でもねユズキ、悪いけれど状況《じょうきょう》は不利よ。あなたには動機もあるし、何よりも、漏洩《ろうえい》した情報はグレアムに渡《わた》っている。だから、あなたが一番疑わしいという事実は変わらないの」

「それでも、お願いします！　ぼくは……ぼくは……」

「わかった。私にできることはやってみましょう」

「ありがとうございます」

初めて明るい希望が見えてきて、柚希はとうとう涙を滲《にじ》ませた。

自分を信じようとする人が、たったひとりでもいてくれたことが、純粋《じゅんすい》に嬉《うれ》しかった。

エドワードに疑われたままでは、あまりにも寂《さび》しい。だから一日でも早く疑いを晴らして、堂々とエドワードの前に立ちたかった。

そして、柚希はふと思い直す。

そうだ。エドワードだって、本当はぼくを信じてくれているかもしれない。さっき冷たい様子だったのは、きっとオーナーとしての立場があるからだ。

パパラッチに写真を撮《と》られた時だって、エドワードは無条件で自分を信じてくれた。

そんな人が、いくら状況が不利でも、一方的に疑うなんてあり得ない。

エドワードはいつだって優しくしてくれた。柚希を守ると言ってくれたのだ。

だから、信じなくてはいけないのは、むしろ自分の方だ。

エドワードを信じて、待っていればいい。

「さ、ここはもう引き揚《あ》げるわよ」

「はい、ぼくはこのまま家に帰ります。そして疑いが晴れるのを待ちます」

ジョイスは、柚希を力づけるように、ぽんと肩《かた》を叩《たた》いた。

それで柚希は、ようやくジョイスに微笑《ほほえ》むことができたのだ。

# 6

謹慎処分を言い渡され、柚希は真《ま》っ直《す》ぐ自分のアパートへと戻《もど》ってきた。

何をする気も起きず、スーツの上を脱《ぬ》いだだけでベッドに転がり、そのまま何時間もぼんやりと過ごした。

ベッドルームのほかに、リビングと小さなキッチンがあるだけの質素な部屋だ。家具付きで貸しだされていたので、ベッドもクローゼットも頑丈《がんじょう》なだけが取《と》り柄《え》で飾《かざ》り気《け》がない。テーブルや椅子《いす》も同じく、古びたそっけないデザインだった。

日本から送った荷物は最低限必要なものだけだ。だからこの部屋にはまだほとんど生活感がなかった。その中で、母が掛《か》け替《か》えてくれた花柄《はながら》のカーテンだけが華《はな》やぎを与《あた》えている。

途中《とちゅう》で携帯《けいたい》にメールの着信があり、柚希は慌《あわ》ててがばっと身を起こした。

もしかしてエドワードかと期待したが、メールは新婚《しんこん》旅行中の母からだった。伯爵と並んで写した写真もある。ふたりは今、豪華《ごうか》客船でクルーズを楽しんでいるところだ。

柚希はふっと微笑んで携帯を閉じた。

再びごろりと横になると、自然とエドワードの顔が思い浮かぶ。

信じて待っていようと思ったが、今後のことを思えば心細さでいっぱいになる。できればほんの少しでもいいから、エドワードとふたりだけで話がしたかった。

「駄目《だめ》だよな、しっかりしないと……」

柚希はぽつりと独りごちた。

だいたいロンドンまでやってきたのは、母の力になるためだ。父が亡《な》くなって以来、ひとりで柚希を育ててくれた母が、幸せになるのを見届けるため。

それなのに、こんなことぐらいで落ちこんではいられない。

もっと毅然《きぜん》とした態度でいなければ……。

柚希はそう思い直して、ゆっくりベッドの上に半身を起こした。

その時、ちょうど玄関《げんかん》のインターフォンが鳴る。

ちらりとベッドサイドの時計に目をやると、十一時を過ぎていた。

こんな遅《おそ》くに誰《だれ》だろうと、柚希は首を傾《かし》げながら玄関のドアへと急いだ。ベッドに転がっている間にシャツの裾《すそ》がはみだしていたが、そんなことにかまっている余裕《よゆう》はない。

だが、ドアを開けたと同時に、柚希は息をのんだ。

「……ノーマン……!」

シニカルな笑みを浮かべた長身の男は、なんとノーマン・グレアムだった。

どこかのパーティーに参加した帰りなのか、ディナージャケットに身を固めている。シルバーの上着に紫《むらさき》の蝶《ちょう》ネクタイとカマーバンド。派手なスタイルだが、長身のノーマンにはそれがよく似合っていた。

「おい、義理の兄をいつまで外に立たせておく気だ？」

「あ、すみません！」

柚希は慌てて身を退き、ノーマンを室内にとおした。

「ふん、みすぼらしい部屋だ」

長身のノーマンは、さも馬鹿にしたようにあたりを見渡《みわた》している。

狭《せま》い部屋は、正装したノーマンには完全に不似合いだ。

いったい何をしにきたのだろうと、柚希は身構えた。

もしかしたら、スキャンダル写真の件だろうか。エドワードの相手が柚希だとばれたのなら最悪だ。

ノーマンはガタンと音をさせながら椅子を引いた。ゆったり座りこまれただけで、柚希はさらに緊張《きんちょう》の度合いを高めた。

柚希はひとつ息をついてから、ノーマンの向かい側に腰《こし》を下ろした。

「あの、どうしてここに？」

「かわいい義弟がどうしているか、様子を見に来てやっただけだ」

「……」

ノーマンは面白《おもしろ》そうに口元を歪《ゆが》めている。

そんなことのために、この男がわざわざやって来たはずがない。

柚希は警戒《けいかい》をゆるめずにノーマンを見つめた。

けれど真意を探《さぐ》るどころではなかった。ノーマンの発する威圧感《いあつかん》で逆に押《お》し潰《つぶ》されそうになってしまう。

「今日、ランドールで何か事件がなかったか？」

いきなりそんなことを訊ねられ、柚希はぎくりとなった。

ランドールでは、情報を盗《ぬす》んだ犯人だと疑われている。それを知られれば、ノーマンにはまたグレアムの名前に泥《どろ》を塗《ぬ》ったと責められる。

身をすくめた柚希に、ノーマンは薄《うす》ら笑いを浮《う》かべた。

「おまえ、疑われたのだろう？」

「ど、どうしてそれを……？」

「グレアムの情報網《じょうほうもう》を侮《あなど》るな。さっきネイサンを通じて、ランドールでの騒《さわ》ぎの詳細《しょうさい》を入手した。まったく、かわいい義弟のおまえを疑うとは、エドワードのやつはけしからん」

柚希は驚《おどろ》きをとおり越《こ》して、呆然《ぼうぜん》となった。

今日の緊急《きんきゅう》会議で何が起きたか、ノーマンはすでに知っている。

そして、ふっと思いだしたのは、盗まれた情報が渡った先がグレアムだったことだ。

このふたつから導きだされる答えはひとつしかないだろう。

「まさか、ランドールの社内に、誰かスパイがいるのですか？」

「スパイだと？　人聞きの悪いことを言うな。だいたい心配して様子を見にきてやったのに、その態度はなんだ？」

皮肉っぽく片眉《かたまゆ》を上《あ》げたノーマンを、柚希は懸命《けんめい》ににらみつけた。

ノーマンが純粋《じゅんすい》に自分の心配をしてくれるなど、あり得ないと思う。

「今日あったばかりの会議なのに、あなたがもう情報を握《にぎ》っているなんて、絶対におかしいです。会議の出席者だって限られていた」

「それなりの情報提供者はいる。ネイサンが押さえている男だ。だが、それでこっちを責めるのはお門違《かどちが》いだ。ようするに、ランドールが雇《やと》っている社員の質が悪いってだけの話だからな」

少しも悪びれずに言うノーマンが信じられない。これではスパイを雇うのは当然だと言わんばかりだ。

「それよりおまえのことだ。エドワードにどうやって報復するか、考えないとな」

「報復……？」

「グレアムに繋《つな》がる者の名誉《めいよ》を汚《けが》したのだ。当然だろう」

話が思いがけない方向に進み、柚希は首を振《ふ》った。

ノーマンは柚希という駒《こま》を使って、エドワードを陥《おとしい》れたいだけだ。

「おまえは会議で吊《つる》し上げを食ったはずだ。その詳細を教えろ。名誉毀損《めいよきそん》でエドワードを訴《うった》えてやる」

「そんな、訴えるなんて！　エドワードは何も悪くないのに！」

柚希は夢中で言い募《つの》った。

ノーマンが罠《わな》を張っていたことに気づいたのは、その直後だ。

くくくっと笑いだしたノーマンに、背筋がぞくりとなる。

「ずいぶん夢中になっているらしいな……しかし、おまえはいい働きをしてくれた。これでエドワードに決定的な打撃《だげき》を与えられる」

「え……？」

「いいか、おまえは被害者《ひがいしゃ》だ。ランドールのオーナーに身体《からだ》を弄《もてあそ》ばれたあげく、スキャンダルに巻きこまれた。それだけじゃない。身に覚えのない濡《ぬ》れ衣《ぎぬ》まできせられて……おまえには充分《じゅうぶん》にエドワードを訴える権利がある。そうだろ？　……おまえはエドワードに傷つけられた。だから、報復する権利を持っている」

柚希は恐《おそ》ろしさに身を震《ふる》わせた。

ノーマンはやはり、スキャンダル記事のことに気づいていたのだ！　エドワードと一緒《いっしょ》に写っていたのが柚希だと知っている。

そして、それを逆手に取ってエドワードを追いつめようとしている。

「……ノーマン……ぼくは、そんなこと望んでませんから」

柚希が喘《あえ》ぐように訴えると、ノーマンはゆっくり席を立ち、テーブルをまわりこんできた。

柚希もこくりと喉《のど》を上下させながら立ち上がった。だが、その時にはすでにノーマンが前に迫《せま》っていた。

逃《に》げだすこともできずに見つめていると、ノーマンの手が伸《の》びてそっと頰《ほお》に触《ふ》れられる。

思わずびくりと身をすくめると、次の瞬間《しゅんかん》には、がしっと顎《あご》をつかまれた。

「なるほど、よくよく見ればかわいい顔をしている。あのエドワードが男に手を出すとは信じられなかったが、おまえが相手なら、その気になれんこともないな。今度、俺の相手もしてもらおうか」

間近で顔を覗《のぞ》きこまれ、柚希はぞっとなった。

「やっ、は、離《はな》してくださいっ」

「そう、いやがることもないだろう？　エドワードには散々させているんだ」

ノーマンは柚希の顎をつかんだままで口を近づけてくる。

「いやだっ」

もう少しで口づけられそうになり、柚希は思いきり顔をそむけた。

「生意気な」

吐《は》き捨てたノーマンは、柚希の顎から手を外すと、今度はシャツをわしづかむ。

ビリッと一気に前を開けられて、ボタンがいくつか飛んだ。

喉から胸にかけての白い肌《はだ》があらわになる。

ノーマンは柚希のその首筋に、噛《か》みつくように口づけてきた。

「やっ、やめっ……痛っ……」

やわらかな肌をきつく吸い上げられて、柚希は懸命に抗《あらが》った。両腕《りょううで》を突《つ》っ張《ぱ》って必死にノーマンの大きな身体を押し戻《もど》す。

「ふん、面白くもない」

ノーマンはそう嘯《うそぶ》いて、唐突《とうとつ》に柚希から手を引いた。

突然《とつぜん》の暴虐《ぼうぎゃく》がやみ、ほっとする暇《ひま》もなく、再び恐ろしいことを告げられる。

「いいか、おまえはこのままランドールにいろ。退職させられそうになっても、居続けるんだ。エドワードが好きならいくらでも抱《だ》かれてろ。捨てられそうになったら、俺に言え」

柚希は蒼白《そうはく》になった。

ノーマンはエドワードに対する切り札として、柚希を利用する気だ。

今すぐ訴えずに様子見を続けるのは、エドワードに対する抑止《よくし》だろう。

切り札はこちらにある。訴えられたくなければ、跪《ひざまず》けとでも言いたいのか……。

こんな陰謀《いんぼう》には荷担できない。

柚希はノーマンへの恐怖《きょうふ》を無理やり抑《おさ》えこみ、必死に不遜《ふそん》な男を見据《みす》えた。

「お願いです、ノーマン……エドワードと争うのはもうやめてください。二百年も前の争いをいまだに続けているなんて、おかしいです」

「貴族のことなど何も知らないくせに、偉《えら》そうな口を叩《たた》くな」

鋭《するど》く吐き捨てられても、柚希は懸命に首を振り続けた。

「ノーマン、こんなの間違《まちが》ってます。ぼくはあなたの言いなりにはなりません。あなたに利用されるぐらいなら、ぼくはランドールを辞《や》めます」

「辞めるだと？」

「疑われたままでいるのはいやだけれど、その疑いさえもネタにして、エドワードを脅《おど》す気なら、もういい。ランドールを辞めた方がましだ。あなたが黒幕らしいということは、言いません。だから、それで終わりにしてください」

ノーマンが恐ろしかった。それでも、柚希は最後まで言い切った。

「まったく……つけ上がるのもいい加減にしろ。おまえ、肝心《かんじん》なことを忘れてないか？」

「え？」

「エドワードを訴えるのがいやなら、おまえが罠に落ちるだけだ。おまえの母親をグレアムから追いだすのも簡単だぞ。男に抱かれて悦《よろこ》んでいる。息子《むすこ》のそんな写真が世間に出まわれば、いくらなんでも、のうのうとしていられないだろう。まともな神経を持っているなら、自分から出ていくはずだ。そうなれば父も引き留めようがない。被害《ひがい》はこっちにも及《およ》ぶが、恥知《はじし》らずな親子に騙《だま》されたと言えば、かえって同情される」

面白《おもしろ》そうに並べ立てられて、柚希はすうっと色をなくした。

「……写真……どうして……」

「おまえ、パパラッチに狙《ねら》われただろう？　あいつらはハイエナのように獲物《えもの》を追う。表に出ている写真だけを撮《と》られたとは限らない。そう思わないか？」

足下《あしもと》にぽっかり大きな穴が空いたようだった。

否応《いやおう》なく、ノーマンが作った陥穽《かんせい》に吸いこまれていく。どう足掻《あが》こうと、いったん捕《と》らわれたらもう逃げようがなかった。二度と這《は》い上がれなくなってしまう。

「もしかして、あの写真……も、あなたなんですか……わざと、狙って……？」

柚希はうつろにノーマンを見上げた。

「さあな……俺は知らん。ま、これからもパパラッチには気をつけた方がいい……さて、俺はそろそろ引き揚《あ》げる。こんなきたない部屋に長居していると、息が詰《つ》まる……とにかく、俺は強制しない。おまえの好きなようにしろ」

ノーマンはそれきりで、柚希には興味を失ったように背を向ける。

長身の後ろ姿が部屋から出ていくのを、柚希はぼんやり見送るしかなかった。

スキャンダル専門の新聞が出たのは三日前。

情報を盗《ぬす》んだという疑いをかけられたのは、数時間前。

なのに、もうすべてが遥《はる》か遠い過去の出来事だったように思う。

「エドワード……」

柚希はぽつりと名前を呼んだ。

エドワードに初めて会った日のことは、まだ鮮明《せんめい》に記憶《きおく》に残っている。甘いキスと熱い抱擁《ほうよう》は、今でもはっきりとこの身体に刻まれていた。

でも、エドワードにはもう二度と手が届かない気がする。

いや、そうじゃない。たとえ手を差し伸べられたとしても、エドワードには二度と近づいてはいけないのだ。

疑いが晴れ、エドワードが許してくれたとしても、そばにいれば迷惑《めいわく》をかけてしまう。

だから、もう二度と個人的には会わないようにしなければいけないのだ。

胸の奥が絞《しぼ》られたように痛くなった。

でも柚希は胸に拳を当てて、その痛みを堪《こら》えた。

エドワードが好きだ。いつの間にか好きになっていて……いや、そうじゃない。最初に出会った時から好きだった。そして今ではどうしようもないほどに愛している。

でも、駄目《だめ》なのだ。これ以上そばにいることは許されない。

諦《あきら》めなくてはいけないのだ。

柚希はノーマンの去った部屋で物思いに耽《ふけ》りながら立ち尽《つ》くしていた。

しかし、それからさほど時間も経《た》たないうちに、また唐突にドアをノックする音が響《ひび》く。

ノーマンが戻ってきたのかもしれないと、柚希は眉根《まゆね》をよせて室内を横切った。

そして、ドアを開けたと同時に硬直《こうちょく》する。

「あっ！」

「ユズキ……」

そこに立っていたのはエドワードだった。

エドワードはスーツの上にベージュ色のトレンチコートを羽織っていた。仕事中はいつもリムジンで移動する人なのに、まるで寒い中を必死に歩いてきたかのような姿だ。

そのエドワードは慌《あわ》ただしく柚希の肩《かた》をつかんで訊ねてくる。

「ユズキ、今、出ていったのはノーマンか？」

「あ、……」

柚希は大きく胸を喘《あえ》がせた。

あまりにも突然の再会で、何を言っていいかわからない。絶対に会ってはいけないと思った矢先なのに、精悍《せいかん》に整った顔を見ただけで涙《なみだ》ぐみそうになる。

けれど、柚希がろくに返事もできないでいると、エドワードの表情が見る見るうちに険しくなっていく。

鋭く刺《さ》すように見つめられた。

「ユズキ、その格好はどうした？　何かされたのか？」

「……」

厳しい声音《こわね》で訊ねられても、とっさにはなんの反応もできなかった。

そのうちに青い目が不快げに細められる。

眼差《まなざ》しが凍《こお》りついたように冷たくて、柚希はぎくりとなった。

「とにかくここじゃまずい」

エドワードはそう言って、柚希の肩を押して強引《ごういん》に部屋に入りこんだ。

ふたりきりでは会わないと決意したばかりなのに、ドアがバタンと閉じた瞬間《しゅんかん》、柚希はがっしりと両肩《りょうかた》をつかまれる。

「ノーマンは何をしにここへ来た？　その首筋……おまえはまさか、ノーマンに……」

エドワードが何を虎視《こし》しているか、ようやく気づいた柚希は思わず笑いだしそうになった。

さっき口づけられそうになったのは、からかわれただけ。首筋を吸われたのも嫌《いや》がらせだ。

なのに、エドワードはひどくそれを気にしているのだ。

とにかく、なんとかしてエドワードには帰ってもらうしかない。

まともに顔を見ると決意が鈍《にぶ》る。柚希はそっぽを向いたままで声を絞《しぼ》りだした。

「何をしにいらしたのですか？」

「ユズキ、質問に答えろ。ノーマンに何をされた？」

エドワードはもどかしげに柚希の肩を揺《ゆ》さぶった。

「ノーマンはぼくの義兄《ぎけい》です。ぼくのことを心配して様子を見にきてくれただけです」

すらすらと嘘《うそ》の言葉が出てくるのが、自分でも信じられない。

「本当にそれだけか？　ユズキ、こっちを見ろ」

一転して深く諭《さと》すような声が響く。

胸が震《ふる》え、うっかりすると涙がこぼれそうだった。

昼間は優《やさ》しい笑《え》みひとつ見せてくれなかったのに、今になってこんな態度を取るなんてひどすぎる。

視線など合わせようものなら、絶対に決意が揺らぐ。だから柚希は頑固《がんこ》に横を向いたまま、唇《くちびる》も引き結んでいた。

「今日の会議でのことを怒《おこ》っているのか？　すまないユズキ。スキャンダルのこともある。あそこでおまえを庇《かば》うと、よけいにおまえの立場を悪くするだけだった」

宥《なだ》めるような言い方に、まぶたの奥が熱くなる。

やっぱりそうだ。エドワードは信じていてくれた。

ちゃんと信じてくれていたのだ。

でも、ここで泣いてしまっては、すべてが台なしになってしまう。

頑《かたく》なな態度を崩《くず》さずにいると、エドワードは小さくため息をついて、肩から両手を離《はな》した。

「遅《おそ》くに訪ねてきたのは、おまえへの疑いが少し軽くなったことを伝えるためだ」

曖昧《あいまい》な言い方に、柚希はようやくエドワードへと視線を戻《もど》した。

けれど、視線が合ったとたん胸が震えてしまい、また慌てて下を向く。

「あれからジョイスが調べた結果、処理用のワゴンに持ちだし禁止の書類を置いたスタッフがいたことが判明した。これで書類が計画的に持ちだされたという疑いがなくなった」

「それで半分だけ疑いが晴れたわけですか？」

柚希は皮肉たっぷりに問い返した。

自分でも驚《おどろ》いたほど嫌味《いやみ》な言い方だ。

「ユズキ、おまえが怒るのも無理はないが、そういう言い方はやめなさい。私はおまえを信じている。だから少しの間、我慢《がまん》して待っていてくれ。それと、明日から出社しなさい」

柚希は爪《つめ》がくいこむ勢いでぎゅっと両手を握《にぎ》りしめた。

「ユズキ、すまない。おまえを守ってやれなくて」

エドワードがするりと腕《うで》を伸《の》ばし、抱《だ》きしめてこようとする。

だが、柚希は反射的に両手を突《つ》いてエドワードを押しのけた。

「いやだっ！」

激しい拒絶《きょぜつ》にエドワードは眉《まゆ》をひそめている。

「……帰ってください」

柚希は掠《かす》れた声で言って、エドワードに背を向けた。

もう、限界だった。

これ以上、そばにいると縋《すが》りついてしまう。

今だって、抱きしめてほしくてたまらないのだ。

「ユズキ、本当に大丈夫《だいじょうぶ》なのか？　ノーマンに何かされたのではないのか？」

「違《ちが》うって、言ってるでしょう！　もう……帰ってください！　ぼくをひとりにして！」

柚希は頑なに背を向けたままで叫《さけ》んだ。

取りつく島もない態度を取ったせいで、エドワードがため息をつく。

「わかった。それならまた明日、話をしよう」

悄然《しょうぜん》としたような声がして、エドワードがドアに向かう気配がする。

こつこつと規則的な足音が響き、最後にドアの閉まる音がした。

それを聞いたとたん、柚希は崩れるように床《ゆか》に座りこんだ。

# 7

柚希の謹慎《きんしん》処分は結局のところ一日で解けることになった。

青天《せいてん》の霹靂《へきれき》ともいえる事件に襲《おそ》われた日の翌朝、柚希は寝不足《ねぶそく》で重い身体《からだ》に鞭打《むちう》ってランドール本社に出かけた。

気持ちの整理などつくはずもなく、エドワードはもちろんのこと、スタッフともどうやって顔を合わせていいかわからなかった。

それでも本社ビルの入り口で、クラシックな深紅《しんく》の制服に身を固めたドアボーイにいつもどおりの挨拶《あいさつ》をされると、少しは困難に立ち向かおうという気概《きがい》も湧《わ》いてくる。

「おはよう、ミスター・モリカワ」

「おはようございます」

「今日もいい一日を」

「ありがとう」

柚希は礼を言いながらビル内へと急いだ。

企画室《きかく》に入ると、先に来ていたスタッフからいっせいに注目を浴びる。

皆《みな》、はっと息をのみ、それからあたふたと視線を外す。昨日の今日ではこの反応も仕方がなかった。

グレアム家と繋《つな》がりがある以上、潔白とは思ってもらえないだろうが、柚希自身にはなんの引け目もない。堂々としていればいいだけだ。

「ユズキ、ちょっと」

最初に直接声をかけてきたのはジョイスだった。

「チーフ、おはようございます。あの、昨日はありがとうございました。色々お手数をおかけしたようで」

「ああ、そんなことはいいのよ。私の方こそ、頭からあなたを疑っていたこと、けっこう反省してるの。ごめんなさい。それでユズキ、もう少し待っててほしいの。そのうちきっと潔白が証明されるわ」

「はい、ありがとうございます」

複雑な気持ちではあったが、柚希は素直《すなお》に礼を言った。

「さて、あなたの処遇《しょぐう》なんだけど、今日付で秘書室に変わったわ」

「えっ」

いきなりの言葉に柚希は目を見開いた。

「ここの荷物はあとで取りにくればいいから、昨日の会議室、覚えてる？　あそこに行って指示を受けてちょうだい」

「ま、待ってください！　どうしてですか？」

「上からの命令。私もね、不服は申し立ててみた。でもとおらなかった」

ジョイスは仕方がないわ、とでも言いたげに両手を広げる。

悔《くや》しげに眉をよせているところをみると、相当戦ってくれたのかもしれない。

命令したのはきっとエドワードだろう。

以前から秘書室に異動する件を考えておけと言われていた。だが、今になっていきなりそんなことを命じられるのは困る。

もしかして、昨日エドワードを拒《こば》んだからだろうか。

それとも、グレアムの息がかかった者は危険だから、目の届くところで監視《かんし》でもしようというのか……。

皮肉な考えに取《と》り憑《つ》かれそうになり、柚希はゆるく首を振《ふ》った。

秘書室などに行けば、エドワードと顔を合わせる機会が多くなる。

離れようと決心したばかりの柚希にとって、これほどきついことはなかった。でも、自分はまだランドールの社員だ。命令とあれば従うしかないのだし、逃げだしてしまうのもいやだ。

「それじゃ、行ってきます」

「くじけずに頑張《がんば》りなさい」

ジョイスの励《はげ》ましを受けた柚希は、静かに企画室から外に出た。

短い間だったが、ここで鍛《きた》えられたことは忘れないだろう。

柚希は言われたとおり、リフトで最上階に行った。だが、昨日と同じ会議室に入ろうとしたところで、背の高い男に呼びとめられる。

「ユズキ・モリカワ、すぐに出発だ。私について来なさい」

声をかけてきたのは眼鏡《めがね》をかけたエドワードの秘書だった。

「あの、会議室へ行くように言われたのですが」

「ああ、君は今日から秘書室勤務となった。私はジェームス・ブレア。君の指導を任された。公爵《こうしゃく》はすでに空港へ向かっておられる。我々も急いであとを追わねばならない。君の仕事の割り振りについては車の中で説明する」

「空港って……」

あまりの慌《あわ》ただしさに唖然《あぜん》となっていると、ブレアと名乗った秘書は冷ややかに眼鏡の縁《ふち》を押し上げる。

「時間がない。質問はあとだ」

ブレアはそれきりでさっさと歩きだした。柚希も弾《はじ》かれたようにそのあとを追う。

そして直通のリフトで直接地下の駐車場《ちゅうしゃじょう》に下り、黒塗《くろぬ》りのリムジンに乗りこんだ。

だが、車がスタートしたと同時に、柚希は溜《た》めこんでいた問いをぶつけた。

「これから空港って、ぼくも同行するのでしょうか？」

「そうだ」

「どこへ行くんですか？　何も聞いてませんでしたから」

「最初はイタリアだ。ローマに飛ぶ。宿泊《しゅくはく》も同地。明日は早朝のフライトで香港《ほんこん》。上海、北京を経由してそのあとニューヨークだ」

淡々《たんたん》と地名を並べるブレアに、柚希はとうとう悲鳴を上げた。

「待ってください、そんないきなり。ぼくは今朝異動を聞かされたばかりで、支度《したく》だって何もしてこなかったのに」

「君はペットを飼っているのか？」

「い、いいえ」

柚希はきょとんとしつつも、首を振った。

ブレアはいっさいかまわずに、たたみかけてくる。

「パスポートは？」

「持ち歩いてます」

「それなら問題ないだろう。君には支度金が出る。着替《きが》えは現地で調達すればいい」

ばっさり切って捨てられて、柚希は押し黙《だま》った。

そしてようやく思いだす。ブレアはロンドンまでのフライトで、ファーストクラスのチケットを買《か》い占《し》めるという荒技《あらわざ》をやってのけた男だったのだ。

柚希はエンジン音が唸《うな》りを上げる機内に入り、思わずあちこちに視線を巡《めぐ》らせた。チャーター便というのは生まれて初めてだ。

エドワードは空港内でも打ち合わせをひとつ抱《かか》えているとのことで、まだ姿が見えなかった。

「君はあそこの小部屋へ先に行け。ドクターが待っている」

「え、あ、はい……」

ブレアに言われるままに、柚希は機内の後部に設けられた小部屋へと向かった。中には六十近くに見える、銀髪《ぎんぱつ》の痩せた医者が待機していた。

「君がユズキ・モリカワか。そこにかけて腕《うで》を出しなさい。血圧を測ろう」

てきぱきと指示されて、柚希はなんの疑問も抱《いだ》かずに腕を出した。

さほど広さはないが、普《ふ》通《つう》の座席のほかに、固定されたストレッチャーと、レントゲンをはじめとする医療《いりょう》機器が揃《そろ》っている。

「もうすぐ離陸《りりく》だ。気分は悪くないか？」

「いいえ、別に」

「怖《こわ》いと思ったら言いなさい。軽い安定剤《ざい》を処方しよう」

脈を取りながらそんなことを言われ、柚希は首を傾《かし》げた。

「先生はぼくの病歴をご存じなのですか？」

「ああ、聞いているよ。今回の出張には私も同行することになっているから、安心しなさい。

……公爵家の主治医になってもうずいぶん経《た》つが、出張の付き添《そ》いというのは初めての経験だ。これでも楽しみにしているのだよ」

医者は人のよさそうな笑《え》みを浮《う》かべたが、柚希はなんとなく納得がいかなかった。

この医者が同行することになったのは、柚希のためなのだろう。飛行機に乗れば、また発作《ほっさ》を起こすかもしれないと、エドワードは事前に医者まで手配したのだ。

いきなりの秘書室勤務。それには従うしかなかった。でも、ここまでの特別扱《とくべつあつか》いは素直に受け入れられない。

エドワードの気遣《きづか》いは嬉《うれ》しく思うが、これは完全にやりすぎだろう。

「当機はまもなく離陸します。シートベルトの確認《かくにん》をお願いします」

機長の声が響《ひび》き、その後まもなく轟音《ごうおん》を上げて機体が走りだす。

胃がぎゅっと下に押しつけられる感覚が続いたあと、さほどの揺《ゆ》れもなく水平飛行に移る。

その間柚希はずっと身構えていたが、発作が起きる気配はまったくなかった。

色々なことでずっと気を張りつめていたのが、よかったのかもしれない。

「ドクター、気分は悪くありません。もう向こうに行っていいですか?」

柚希は医者の許可を得て、医務室から外に出た。

安定した飛行が続いているようで、通常の固い床《ゆか》を歩くのとなんら変わらず移動ができる。

機内の前半分はゆったりとした会議室風の造り。後部には通常見かけるのと同じ座席が用意されていたが、間隔《かんかく》がかなり広く取ってあって、フライト中もゆっくり休息できるスペースとなっていた。

エドワードは前の席で、六名の側近を相手に打ち合わせをしている最中だった。イタリアへのフライトの合間にも精力的に仕事を進めているのだ。

遠くでエドワードの姿を見かけただけで、気負っていた柚希は胸を震《ふる》わせた。

駄目《だめ》だ……。やっぱりエドワードの近くにいるだけで、動揺《どうよう》してしまう。

すっきりと整えられた金髪《きんぱつ》に貴族的な顔立ち。青い双眸《そうぼう》はいつも澄《す》みきって、唇《くちびる》は官能的なラインを描《えが》いている。

力強い腕で抱《だ》きしめられただけで安心できて、低く魅惑《みわく》的な声で囁《ささや》かれると、それだけで身体《からだ》の芯《しん》が疼くように熱くなった。

肌《はだ》を合わせ、隙間《すきま》もなく身体を繋《つな》いだのはエドワードが初めてだった。

奥から揺さぶられると、どれほど気持ちがよかったことか。

心の底から欲しいと思ったのも、エドワードが初めてで……。

駄目だ。今は仕事中なのに。

柚希は妄想《もうそう》を振り払《はら》おうと、激しくかぶりを振った。

その時エドワードが柚希に気付いて顔を上げる。

目が合っただけで、柚希の心臓はどくんとひときわ強く脈打った。

「しばらく、休憩《きゅうけい》とする。……ユズキ、こちらへ」

エドワードは凛《りん》とおる声で命じ、呼ばれた柚希はふらふらとそばまで歩みよった。

まわりのスタッフが気を利《き》かせたように席を立ち、柚希は入《い》れ替《か》わりでエドワードの隣《となり》に座らされる。

「フライトは安定しているようだが、シートベルトを締《し》めなさい。気分はどうだ？　気持ちが悪くなったりしていないか？」

心から案じてくれる深い声……。

駄目だ。

今は仕事中だから、この人は恋人《こいびと》なんかじゃない。ランドール社のオーナーなんだ。

柚希はきゅっと唇を噛《か》みしめてから、視線を上げた。

「今日から秘書室勤務になったユズキ・モリカワです。何もわかりませんが、一生懸命《いっしょうけんめい》に頑張《がんば》りますので、よろしくお願いします」

座席に座ったままで、柚希は深々と頭を下げて挨拶《あいさつ》した。

「ユズキ……」

エドワードは名前を呼んだだけで、深いため息をつく。

顔など見なくても、エドワードが困惑《こんわく》していることは充分《じゅうぶん》に想像がついた。

エドワードにしてみれば、柚希の頑《かたく》なさが信じられないのだろう。少なくとも、昨日の事件が起きる前までは、なんでも素直《すなお》に言うことを聞いていたのだから……。

でも、もう決めたことだ。

ノーマンの罠《わな》からは逃《のが》れようもない。ランドールを辞《や》めることもできないなら、エドワードからはなるべく離《はな》れているしかないのだ。

「ブレアが君の教育係となる。何をすればいいか、彼の指示を仰《あお》いでくれ」

エドワードは諦《あきら》めたように事務的な声になる。

柚希は、はい、とだけ返事をした。

エドワードはもうこれで話が終わりだというように、座席に深く背中を預け、それで柚希もようやく肩《かた》の力《ちから》を抜《ぬ》く。

事件が起きる前までを思えば、なんともそっけない会話だが、もともと自分から望んだことなので、諦めるしかなかった。

しかし、その時、急に機体が大きく揺れた。

「あっ」

柚希はとっさに肘掛《ひじか》けをつかんで、両足を踏《ふ》ん張《ば》った。

大丈夫《だいじょうぶ》。何も怖くはない。それでもさすがに顔が青ざめて身体中が緊張《きんちょう》する。

「ユズキ……大丈夫だ。揺れはすぐに収まる」

「……っ」

いつの間にか強《こわ》ばらせていた手に、ひとまわり大きな手のひらが重ねられていた。

エドワードはもう片方の手で、柚希の肩を宥《なだ》めるように抱きよせる。

「ユズキ、もう大丈夫だ。私がそばにいる」

甘い囁きが耳に届くと、固くなっていた身体から徐々《じょじょ》に力が抜けていく。

気分は少しも悪くならなかった。ただ、胸が締めつけられたように痛いだけだ。

エドワードの顔を見ると、涙《なみだ》がこぼれてしまうだろう。だから柚希はそっとまぶたを閉じた。

「もう、平気です……すみません。手を離していただけますか？」

柚希が小さく呟《つぶや》くように言うと、エドワードはゆっくり手を離す。

「ユズキ、私は望んだものは必ず手に入れる主義だ。たとえどんなに時間がかかっても、最後には必ず自分のものにする。そして一度手に入れたものは決して手放さない。人に譲《ゆず》る気もない。それだけは覚えておいてくれ」

どきりとした。

傲慢《ごうまん》で不遜《ふそん》な命令だ。エドワードは柚希自身のことを話している。

まだ望まれているのだろうか。こんなひどい態度を取っているのに、エドワードの優《やさ》しさは変わらない。まだ自分を望んでくれている。

胸が甘く痺《しび》れるようだった。

好きだ……。こんなにもエドワードが好き。

でも、決してその気持ちは明かせない。そしてエドワードがどんなに近くにいても、決して触《ふ》れてはいけないし、抱きしめてほしいなどと、望んでもいけない。

エドワードを愛しているからこそ、これ以上迷惑をかけたくなかった。

エドワードのそばにいることは、今の柚希にとって甘い拷問《ごうもん》にも等しかった。それでも最後まで我慢して、決意を貫くしかないのだ。


ローマに到着して、まず柚希に命じられたのは買い物だった。

突然《とつぜん》海外出張となったので、着替《きが》えを用意する暇《ひま》もなかった。だから必要なものの買いだしは当然としても、ブレアの要求は柚希の想像を遥《はる》かに上まわっていたのだ。

最初に連れていかれたのは、有名なセレクトショップで、そこで大量の衣類を揃《そろ》えさせられた。ビジネス用のスーツはもちろんのこと、下着や靴《くつ》、それにパーティー用のディナージャケットまで強制的に買わされる。

柚希がいくら尻込《しりご》みしても、公爵《こうしゃく》の秘書として恥《は》ずかしくない格好をする必要があると押し切られてしまった。

大量に増えた持ち物は、大半がロンドンへ直接送られることになったが、手元に残した数も半端《はんぱ》ではない。

柚希はその買い物の途中《とちゅう》でも、秘書としての心構えを徹底的に教えこまれた。

エドワードはランドールの総帥《そうすい》として、殺人的なスケジュールをこなしている。だから少しでも効率よく仕事を進める必要があった。

エドワードをサポートする秘書は、直属の者だけで六名という陣容《じんよう》だ。ランドールでも選《え》りすぐりの六名は交代でその業務に当たっていた。

そして秘書が使命としているのは、代えの利かない総師に、いかに負担をかけずに仕事を進めてもらうかだった。

移動にチャーター便を使うのも、ロスをなくすため。しかし、最近では契約《けいやく》している航空会社だけでは間に合わないことが多く、専用機の購入《こうにゅう》も検討しているという。

何もかもスケールが違《ちが》いすぎて、最初はとまどいを覚えるばかりだった。でも実際にエドワードの仕事ぶりを見ているうちに、この陣容が決して大袈裟《おおげさ》ではなかったのだと納得《なっとく》する。

ブレアから慌《あわ》ただしく教育を受けながら場所を移っていき、柚希にもなんとか秘書としての自覚が芽生えたのは東京に着いた頃だった。

当初の予定には組みこまれていなかったのだが、急遽《きゅうきょ》、あるパーティーへの参加を余儀《よぎ》なくされたのだ。

「今夜は君が公爵のそばについていろ。いいか、公爵の後方二メートルというのが君の基本的な立ち位置だ。公爵が誰《だれ》と話されていても、注意していれば声が聞こえる。会話の内容から、次に公爵がどう行動されるかを予測して、すぐさま準備にかかる。パーティーは気が抜けないぞ。お会いになる人物が増えれば、それだけ不測の事態が起きる可能性も多くなる。しっかりやってくれ」

すでに古風なフロックコート姿となったブレアに命じられ、柚希はしっかりと答えた。

「わかりました。気を抜かないように頑張ります。それでブレアさんは？」

「私とほかにもうひとり、フォローにつくから心配はない。君はまだ公爵がお会いになる人間を知らないからな。それを覚えるのも仕事だぞ。しかし、今日の会場には日本人も多い。その点で君には期待している。さあ、時間だ。行くぞ」

「はい」

上品なライトグレーのディナージャケット。それが柚希の服装だった。真っ白なドレスシャツの上から、光沢《こうたく》のあるやや濃《こ》いめのグレーという蝶《ちょう》ネクタイを結んでいる。細い腰《こし》に巻いたカマーバンドもネクタイと共布。細いながらもバランスのよい柚希には、正装がよく似合っていた。

会場は東京にある有名ホテルのバンケットルームだった。

エドワードはほかの秘書を連れて、すでに会場内に入っている。柚希は緊張しながらも、ブレアと一緒《いっしょ》にエドワードへと近づいていった。

エドワードはシルバーがかったテールコートを着ている。ウエストコートはダブルの襟《えり》つきで、細めのホワイトタイを締《し》めている。テールコートの襟に白い薔薇《ばら》の花を挿《さ》した姿は、まるで世界に君臨する王のように圧倒的《あっとうてき》な威厳《いげん》と美しさに満ちていた。

すっきり整えられた金髪《きんぱつ》に、ギリシャ彫刻《ちょうこく》のような相貌《そうぼう》。青い瞳《ひとみ》が印象的で、口元をゆるめた表情には誰もが惹《ひ》かれずにはいられないだろう。

柚希も思わず見惚《みと》れてしまいそうになり、慌ててかぶりを振《ふ》った。

今は仕事中だ。よけいなことを考えている暇はない。

秘書となって一週間。日々忙《いそが》しく過ごしているうちに、柚希は辛《かろ》うじて沈みがちな気持ちを立て直していた。

エドワードも機内で話して以来、プライベートな会話を仕掛《しか》けてこない。

このままいけば、なんとかなる。

恋《こい》しい気持ちを抑《おさ》え、遠くもなく近くもない距離《きょり》でただの秘書としてエドワードに接することができるようになる。そして、この難関さえこなせれば、あとの問題もそのうちいい方向へと進んでいってくれるだろう。

「私はそろそろ一歩下がるが、君は公爵のそばを離《はな》れるな」

ブレアに耳打ちされ、柚希はこくりと頷《うなず》いた。

意を決してエドワードに近づき、話している内容に聞き耳を立てる。

盗《ぬす》み聞《ぎ》きをしているようで最初は違和感を覚えたが、これも秘書としての大事な役目だ。

エドワードは何人かの日本人と挨拶《あいさつ》を交《か》わし、その後はアラブの王族ともビジネス絡《がら》みの短い話をしていた。

途中でシャンパンのグラスを受け取って口に含《ふく》み、また話をすべき新たな人物を見つけて歩みよっていく。

柚希はブレアの指示どおり、常に後方に控《ひか》え、なんとか役目をこなしていた。

エドワードが次の話し相手に選んだのはイギリス人だった。

「久しぶりだな、ライオネル。東京で出くわすとは、おまえも仕事か?」

旧知の間柄《あいだがら》らしく、エドワードの口調が急にくだけたものになる。

「ああ、俺だってたまには仕事をする」

応《こた》えた男は持っていたグラスを緩慢《かんまん》に掲《かか》げた。

エドワードの美貌《びぼう》を見慣れた柚希でさえ、一瞬《いっしゅん》どきりとなったほどハンサムな男だった。

ダークブロンドの髪《かみ》に青灰色の瞳。エドワードに負けないほどの長身なのに物腰《ものごし》が柔《やわ》らかい。けれど、口元をゆるめた顔にはどことなく皮肉っぽい雰囲気《ふんいき》もあった。

「ここで会ったのは偶然《ぐうぜん》にしても上出来だ。ちょうどおまえの助けが欲しかったところだ」

「天下の大公爵であるエドワード・モーリス・レミントンともあろう者が、俺の助けがいるだと？　ずいぶん珍《めずら》しいことを言うな」

「ああ、ちょっと手詰《てづ》まりになっている問題がある。実は……」

エドワードはそこで急に声を潜めた。そしてハンサムなイギリス人を促《うなが》して、人のいない方へと歩きだす。

秘書にも聞かせたくない話があるのだろう。相手はプライベートな知り合いらしいし、ここは無理をする場面ではない。こんな時はさりげなく控えているのが常道だ。

柚希はそう判断して、ゆっくりした歩調をゆるめ、ゆっくりエドワードを追いかけた。

その途中で、ふとひとりの日本人に注意が向く。

エドワードの友人が、そのほっそりした青年のそばをとおる時、目立たぬように手で合図を送っていたのだ。

年齢《ねんれい》はもしかしたら柚希と同じくらいかもしれない。きれいに整った顔立ちで、黒のディナージャケットを着た姿には気品がある。

そして柚希の視線に気づいたのか、その青年が何気なくこちらを見た。

目が合ったのはほんの一瞬だったが、その青年も柚希の姿に驚《おどろ》いたように僅《わず》かに目を瞠《みは》る。

別に話をしたわけではない。けれど、本当に印象に残る青年だった。

エドワードは手短に友人への頼《たの》み事を終わらせたようで、すぐにパーティー会場の中心へと戻《もど》ってくる。

ちらりと振り返ると、ダークブロンドの男とあの日本人の青年が肩《かた》を並べて会場から出ていくところだった。

青年は影《かげ》のように男に寄りそっている印象だ。主と秘書か、それとも恋人《こいびと》同士なのか。いずれにしても、ふたりの間には深い信頼《しんらい》関係があるように見えて、柚希は羨望《せんぼう》を覚えた。

自分もまた、可能な限りエドワードに寄りそっていたいと思う。

「ブレア、ライオネルから情報を得たぞ」

エドワードは会場内ですっとブレアに近づいて耳打ちした。

「オーランド伯爵《はくしゃく》でしょうか？」

「ああ、例の件だが、ソーホーのパブに出入りしているキングという男がかなりの情報を握《にぎ》っているそうだ。至急調べてくれ」

「かしこまりました」

柚希にはさっぱり理解できない内容だったが、ブレアがさっそく命令を実行するためにその場から離れていく。

「ユズキ」

エドワードからいきなり名前を呼ばれ、柚希はどきりとなった。直接声をかけられたのは本当に久しぶりだ。

振り返ると、エドワードは僅かに口元をゆるめ、柚希をじっと見つめてくる。

青い瞳と視線が合っただけで、またいちだんと心臓が高鳴った。

「なん、でしょうか、公爵《こうしゃく》……？」

掠《かす》れた声で問い返すと、それまで微笑《ほほえ》んでいたエドワードが眉《まゆ》をひそめる。

「なんでもない」

苛立《いらだ》たしげに答えたエドワードは、それきりで柚希を無視した。

呼びかけられたあとで、はっきり拒絶《きょぜつ》されると、どうしても寂《さび》しさが募《つの》る。

だが出過ぎた真似《まね》をせず、空気のような存在となるのが理想の秘書だ。

柚希はぐっと奥歯を噛《か》みしめて、やるせなさを押し殺した。

今夜の宿泊《しゅくはく》はパーティーが催《もよお》されたのと同じホテルだった。

エドワードが会場から引き揚《あ》げ、柚希ともうひとりほかの秘書がそれに従う。

プレジデンシャル・スイートは完璧《かんぺき》に調《ととの》えられていた。最終点検のつもりで、柚希は部屋中を見渡《みわた》したが、どこにも難はない。

先輩《せんぱい》の秘書がロンドンからの最速を要する連絡《れんらく》だと言って、エドワードにメモを渡《わた》している。彼の仕事はそれで終わり。あとは柚希が明日《あした》の朝のスケジュールを確認《かくにん》して、控えの間に下がればいいだけだ。

スイートに繋《つな》がる部屋には限りがあるので、そこに詰《つ》めるのは順番制となっていた。今夜は柚希がその部屋を使うよう、ブレアから命じられている。ほかのスタッフには同じ階でそれぞれ別の部屋を取ってあるのだ。

一緒《いっしょ》にいた秘書がスイートから下がっていき、柚希はエドワードの背に呼びかけた。

「あの、公爵……明日は七時に朝食をお持ちする予定になっておりますが、それでよろしいでしょうか？」

「水を一杯《いっぱい》持ってきてくれ」

返事の代わりにそう命じられ、柚希は素直《すなお》に従った。

冷蔵庫からミネラルウォーターを出し、グラスに移して持っていくと、今度はタイをゆるめるのを手伝えと命じられる。

柚希はこくりと喉《のど》を上下させて、長身に近づいた。

これは役目だ。

そう思っていても、エドワードに接近するのは勇気がいる。まして、そのエドワードは巨大《きょだい》なベッドのそばに立っているのだ。

サイドテーブルにグラスを置いた柚希は息を詰め、それから恐る恐るエドワードの首筋に向かって手を伸ばした。

指先が震えそうだったが、ホワイトタイは案外簡単にほどける。

だが、次の瞬間《しゅんかん》、柚希はいきなりエドワードに抱《だ》きしめられてしまった。

「ユズキ、私はもう我慢《がまん》の限界だ。おまえの笑顔《えがお》を見られなくなってから、どれだけになると思う？」

「エドワードっ、いえ、……公爵っ、は、離してくださいっ」

抱きすくめられた柚希は懸命《けんめい》に抗《あらが》った。

「おまえが私を毛嫌《けぎら》いしているのは、私がおまえを疑ったせいか？」

「そんな、こと……ありません、から」

柚希が顔をそむけると、エドワードは苛立たしげに舌打ちする。

それでも柚希から手を離《はな》して、意外なことを言い始めた。

「今、ロンドンのジョイスから、おまえの潔白が証明されたと報告がきた。機密書類を持ちだした犯人は、貿易部門のナカムラという日本人だったそうだ」

「えっ」

柚希は呆然《ぼうぜん》となった。

どうして中村がそんなことを……？

「おまえはワゴンを押して処理室に行く途中《とちゅう》で、そのナカムラに会っただろう？　おまえが書類を落とした時、ナカムラは持ちだし厳禁の判が押された機密書類が紛《まぎ》れこんでいるのを見つけた。それでおまえに気づかれないように、その封筒《ふうとう》を裏にしてワゴンに戻し、おまえが処理室を出たあとで、おまえになりすまして取り戻しに行ったそうだ。処理室のスタッフははっきりおまえの顔を見たわけじゃない。ナカムラが行った時も、背格好をちらりと見ただけで間違《まちが》えたのだ」

説明されれば、なるほどと納得《なっとく》もする。けれど、腑《ふ》に落《お》ちないのは、どうして中村がそんなことをしでかしたのかだ。

中村は書類の内容を確認したわけじゃない。それでどうしてその情報が役に立つと判断したのだろうか？

だが柚希は、ノーマンの言ったことも思いだした。

柚希がランドールにグレアムのスパイがいるのかと訊いた時、ノーマンは否定しなかった。

となれば、中村がそうだったのだと考えた方が自然だ。

考え事にとらわれていた柚希は、ふいにまたエドワードに抱きすくめられる。

「あっ」

「ユズキ、これでいいな？　私自身はおまえを疑ったことはない。ただ立場上、全面的におまえの味方をするわけにはいかなかった。謝って済むことではないが、心から悪かったと思っている。だから、もう機嫌《きげん》を直してくれ、ユズキ」

「え、あっ……や……んっ」

噛みつくようなキスを拒《こば》みきれなかった。懸命に抗っても、きつく抱きしめられて深い口づけを奪《うば》われる。エドワードは、触れられなかった長い時間を取り戻そうとするかのように、濃《のう》厚《こう》に口づけてきた。

「んっ、んぅ……ぅ、くっ……」

熱い舌の侵入《しんにゅう》を許しながらも、柚希は抵抗《ていこう》した。

駄目《だめ》だ。疑いが晴れたからといっても、問題は何も解決していない。

ノーマンはしっかり柚希の弱みを握っている。そして、いつそれを切り札としてエドワードに戦いを仕《し》掛《か》けるかわからなかった。

ランドールを辞《や》めることもできず、秘書になれとの命令も拒めなかった。

だから、プライベートではなんの関係もないのだという態度を貫《つらぬ》くことが、柚希には最後の防衛手段だったのだ。ノーマンに利用されないためには、どうしてもエドワードを拒む必要があった。

柚希の口中を、エドワードの熱い舌がうごめいている。

甘いキスに溺《おぼ》れそうになりながらも、柚希は必死に抗った。

「ん、はっ、なしてくださいっ！　もう、こんなことっ」

口づけがほどけた時、柚希は必死にエドワードをにらみつけて叫《さけ》んだ。

久しぶりのキスで身体《からだ》がいっぺんに熱くなっている。涙《なみだ》も滲《にじ》んで迫力《はくりょく》など少しもなかったが、懸命にエドワードの抱擁《ほうよう》を拒んだ。

青い瞳《ひとみ》に鋭《するど》い光が射《さ》し、冷ややかに見つめられる。

エドワードはあくまで逆らう柚希に、怒《いか》りを募らせていた。

「ユズキ、言ったはずだ。私は一度手にしたものは絶対に離さないと。今まで私なりに譲歩《じょうほ》もしてきたが、これで終わりだ。抵抗しても無駄《むだ》だぞ。これからおまえを抱《だ》く」

「な……っ」

柚希は呆然となった。

ぐいっとつかまれた腕《うで》が痛い。

エドワードはどんな時でも優《やさ》しかったのに、今は怒りだけにとらわれている。

「こっちへ来い」

「やっ、ああっ」

柚希はいきなり膝《ひざ》裏をすくわれて、抱き上げられた。そのままベッドの上に放りだされる。

逃《に》げだす余裕《よゆう》もなく、テールコートの上着を脱《ぬ》ぎ捨《す》てたエドワードが、上からのしかかってきた。

「いやだ。もうこんなことはしない。やめてください」

「やめろだと？　しばらく触れていなくて感触《かんしょく》を忘れたなら、しっかり思いださせてやる」

怒りを前面に出したエドワードに、柚希はびくりとなった。

怖《こわ》い。

でも、本当に怖いのは自分自身だ。

エドワードに触れられたら、どうなってしまうかわからない。

大好きだからこそ離れていなくてはならない。愛しているからこそ、拒み続けるしかないのだ。

ほかならぬエドワードのために……！

「あなたなんか嫌《きら》いだ！　離せよっ！」

柚希は闇雲《やみくも》に手を振《ふ》りまわした。

「嫌いだと？　あくまで私を拒む気か？　だが、もう遅《おそ》い。今夜はおまえがどんなに拒否《きょひ》しても許さない。最後まで抱くぞ」

エドワードは苛立《いらだ》たしげに言いながら、柚希の着衣に手をかけた。

いくら暴れても、たちまちジャケットとシャツを剝《は》がされてしまう。そのうえ両手もひとまとめにされて、抵抗を封《ふう》じられた。

「いやだ……離してください……っ」

「相変わらずきれいな肌《はだ》だ。この前、ノーマンに触れさせただろう？　首にキスマークなどつけて……おまえは私のものだ。わからないなら、それをたっぷり教えてやる」

あんなに優しかったエドワードが、今は別人のように怖い顔をしている。

長い指先が伸《の》びて裸《はだか》の肩先《かたさき》に触れられた。それから指はすうっと前にまわり、乳首《ちくび》の先端《せんたん》をきゅっとつまみ上げられる。柚希はびくっと大きく身を退いた。

「どうした？　いつもこうして触れただけで、気持ちよさそうにしていただろう？　今さら恥《は》ずかしがる必要もない。素直《すなお》に感じていると言ってみろ」

馬鹿《ばか》にしたような声に、柚希は泣きそうになった。

「いやです、こんなの！　いやだっ！」

夢中で叫んだ柚希は、エドワードから逃げだそうと大きく身をよじった。

「逃げようとしても無駄だ」

鋭く言ったエドワードは簡単に柚希の腰《こし》をつかまえてベッドに押さえつける。そのままずるりと下着ごとスラックスまで下げられて、柚希は双丘《そうきゅう》までエドワードの視線にさらすことになってしまった。

「やっ」

首を振って拒否しても、もう逃げるどころの騒《さわ》ぎではない。

ちゅっとわざと音を立てて、尻《しり》の丸みに口づけられる。

とたんに、どくりと中心が変化した。

「かわいいものだ。もう我慢《がまん》できなくなったか」

「やっ」

恥ずかしくてたまらないのに、反応は止められなかった。

どんなに抗ってもエドワードはものともせずに、露出《ろしゅつ》した肌をいやらしく撫《な》でまわし、柚希は瞬《また》く間《ま》に高められてしまった。

エドワードの手と舌がさらされた肌の上を這《は》いまわる。

しばらく触《ふ》れ合っていなかったのに、柚希の身体は隅々《すみずみ》までエドワードの愛撫《あいぶ》を覚えていた。だからほんの少しいじられただけでも、反応してしまう。

こんなふうに無理やり抱かれるのはいやだと思うのに、快感には逆らえなかった。

乳首を散々いじられて、それから張りつめた中心も揉《も》みしだかれる。

平らな胸でいやらしく乳首を尖《とが》らせ、中心からだらだら蜜《みつ》をこぼしている自分が死にそうなほど恥ずかしい。

「ああっ、エドワード……」

柚希は淫《みだ》らな声を上げながら腰を震《ふる》わせた。

エドワードは柚希の身体を仰向《あおむ》けにして、じっと顔を覗《のぞ》きこんでくる。

「どうした、ユズキ？　もう欲しくなったのか？　ずっと抱いていなかった。その分も含《ふく》めて徹底的《てっていてき》にかわいがってやるぞ」

耳に息を吹《ふ》きこむように囁《ささや》かれ、柚希はいちだんと羞恥《しゅうち》にとらわれた。

けれど、エドワードが言ったとおりだ。もう手は自由になっているのに逃げだせない。

自分は本当に淫らな身体になってしまった。乱暴にあつかわれても感じてしまって、もっともっとエドワードが欲しいと思ってしまう。

ほかならぬエドワードのために、離れていようと思ったのに、ちょっと触れられただけでその決意が揺らぐ。

淫らでどうしようもない自分がとことん情けなく、悲しかった。

翌朝――。

柚希はスイートの巨大《きょだい》なベッドで重いまぶたを開けた。

身体中がきしむように痛い。ひどい頭痛もした。

昨夜、気を失うまでエドワードに抱かれてしまった。行為は激しく、何度も達《い》かされたせいで、身体中がぐったりとして力が入らなかった。

それでも、こんなことをしている場合じゃないと、柚希は懸命《けんめい》に半身を起こした。

「気がついたか？　しかし、まだ起きるのは無理だろう。寝《ね》ていなさい」

「ドクター……？」

やわらかく微笑《ほほえ》みながら声をかけてきたのは、公爵《こうしやく》家の主治医だった。

状況《じようきよう》がのみこめず、慌《あわ》てて周囲を見まわしたが、ほかには誰《だれ》の姿もない。広いスイートはがらんとしているだけだった。

「あの、公爵は……？」

柚希は不安《ふあん》に駆《か》られて訊ねた。

ベッドのそばの椅子《いす》に腰を下ろしたドクターは、なんでもないように答える。

「皆《みな》さん、もうとっくに出発された」

「出発、した？　今……何時ですか？」

柚希はショックを隠《かく》す余裕もなく、呆然《ぼうぜん》と問い返した。

「そろそろ昼になるな」

「そんな……っ」

寝過《ねす》ごしたせいで、置いていかれた。しかも柚希はエドワードのベッドで眠《ねむ》りこけていたのだ。ブレアやほかの秘書たちは、さぞ呆《あき》れたことだろう。

エドワードに抱《だ》かれたぐらいで、寝過ごしてしまうとは、完全に秘書失格だ。

……エドワードに、抱かれたぐらいで……。

エドワードに抱かれたせいで……。

感情が高ぶって涙《なみだ》が溢《あふ》れだす。ドクターの前なのに、涙を止めることはできなかった。

「君は熱を出してしまったのだ。しっかり治るまで、公爵を追いかけられないよ？」

「熱……？」

「なんだ、自分では気づかなかったのか。明け方、公爵が心配されて、私をお呼びになった。慣れない出張で疲《つか》れが出たのだろう。頭が痛くないか？」

ドクターは甲斐甲斐《かいがい》しく柚希の診察《しんさつ》を始める。

それでも、一度落ちこんでしまった気持ちは浮上《ふじょう》しなかった。

エドワードの恋人《こいびと》にもなれず、かと言って、離《はな》れていることもできなかった。

母を守り、エドワードの名誉《めいよ》も守りたい。

そう決心していたのに、何もかもが中途半端《ちゅうとはんぱ》で、あまつさえ、エドワードにちょっと触れられただけで、決意さえ貫《つらぬ》けずに欲望《よくぼう》に溺《おぼ》れてしまった。

そのあげくに熱を出して、秘書の仕事すらまっとうできなかったとあっては、もうどこからも力が出なかった。

# 8

柚希は東京で三日間も寝こんでしまった。そして、四日目にようやくドクターに付き添《そ》われてロンドンに戻《もど》ったが、その後も休養を取るように命じられていた。

アパートに帰りつくと、留守にしていた部屋にはうっすら汚《よご》れが目立ち、よけい気持ちが滅《め》入《い》ってくる。

せめて掃除ぐらいはと思うのに、ずっと高熱に冒《おか》されていた身体《からだ》には、少しも力が入らなかった。

柚希を打ちのめしていたのは、最後の最後になってエドワードに置いていかれたことだ。熱を出してしまったのだから、仕方がないのはわかっている。

今回の出張にドクターを同行させたのも、柚希のためだったとわかっている。ドクターは、私が無理だと申し上げたから公爵は君を置いていかれたのだと、説明してくれたが、それでも少しも慰《なぐさ》めにならなかった。

部屋でぽつんと椅子に座りこんでいると、今までなおざりにしていたことが色々と気になってきた。

エドワードは中村が犯人だったと言っていたが、本当だろうか？

多少浮《うわ》ついたところはあったものの、とてもそんな大変なことをしでかすような男には見えなかった。

だから柚希にはいまだに信じられない。もし仮に中村が書類を持ちだしたのだとしても、何かよほどの理由があったのかもしれない。ノーマンとネイサンが黒幕なのはほぼ確かだろう。だとすれば、中村だって何かで脅《おど》されていたかもしれないのだ。

とにかく本人に連絡《れんらく》がつくなら、直接確かめたい。

柚希はようやくそう思いついて携帯《けいたい》を手にした。

すると、まるでタイミングを計ったかのように、その中村自身からの着信がある。

『柚希君、やっと帰ってきたのか。しばらく海外に行っていただろう？　もっと早く連絡を取りたかったんだけどさ』

「な、中村さん！　あの、中村さんは今、どうしてるんですか？」

もしかすると中村は、警察に突《つ》きだされている可能性があるかもと思っていたのだ。

『君には色々話があるんだ。時間があるなら、これから会わないか？』

「これから？　いいけど、どこへ行けばいい？」

柚希はなんの不審《ふしん》も抱かずに、中村と会うことを承知した。

指定されたのはソーホーにあるパブだった。行き方の説明を聞き、ほっと息をつきながら携帯を切る。

柚希は病《や》み上がりのだるい身体でスーツを着こみ、上からコートを羽織ってアパートを出た。

どんよりと曇《くも》った日で、風も冷たい。

ぶるりと震える身体を自分で抱《だ》きしめて、柚希は最寄《もよ》りの駅へと向かった。


ソーホーの外れにあるパブは、古臭《ふるくさ》く埃《ほこり》っぽかった。

夕方になっていたので、ビールを飲んでいる客が多い。しかし、その大半は、どことなく柄《がら》が悪い雰囲気《ふんいき》の者ばかりだ。

柚希は万一のことを考えて、パスポートと財布《さいふ》を入れたポケットを押さえながら、カウンターに近づいた。

紅茶を頼《たの》んで小銭《こぜに》を払《はら》ったところに、中村が顔を出す。

「中村さん、どうしたんですか？　その格好」

現れた中村は誰かに殴《なぐ》られたのか、頬《ほお》を腫《は》らしていた。しゃれたスーツもよれよれで台なしになっている。

「来てくれたか。君に助けてほしかったんだ」

「何があったんです？　あの、ランドールは？」

柚希が訊ねると、中村はさも腹立たしげに吐《は》き捨《す》てる。

「あっさりクビさ。まったく！」

「クビって……書類を持ちだしたの、やっぱり中村さんだったんですか？」

柚希はため息混じりに呟《つぶや》いた。

中村の背信行為《こうい》は許せないことだろうが、それでいきなりクビにされたのはちょっと可哀想《かわいそう》な気もする。

「あれはちょっと魔《ま》が差しただけだ。何かネタを持ってくれれば、それなりの報酬《ほうしゅう》をやると言われてたからな」

「それって、もしかして」

「ああ、おまえの義兄《ぎけい》さ。ネイサン・グレアム。パブで知り合って、やつのためには色々便宜《べんぎ》を図《はか》ってやったんだ。なのに、ランドールにばれたとたん、あっさり俺を切りやがった。グレアムで拾ってくれるものとばかり思いこんでいた俺が馬鹿《ばか》だったよ」

中村は憎々《にくにく》しげに言い、そのあとカウンターの向こうにいるバーテンダーをつかまえて、スコッチをダブルで頼む。

出されたグラスを一気に呷《あお》る中村は、どこか荒《すさ》んで見えた。

中村が直接会っていたのはネイサンの方だったのだ。しかし、あっさり捨てられたと聞いて、柚希まで悲しくなった。

グレアム家の兄弟は、やはり冷酷《れいこく》だ。人を人とも思わず、中村も駒《こま》のひとつとして使っただけだろう。その本性《ほんしょう》を見抜《みぬ》けずに関係を持った中村には、同情心も湧《わ》く。

「なあ、柚希君、君、責任取ってくれよな？」

スコッチを飲み干した中村が、突然《とつぜん》にやりとした笑《え》みを浮《う》かべる。

柚希はぞくりとなった。思わず後ずさると、中村にコートの袖《そで》をつかまれる。

殴られて、顔を腫らした中村は、荒んだ目で柚希を見つめてきた。

恐怖《きょうふ》を覚え、慌《あわ》ててあたりを見渡《みわた》すと、それまでビールを飲んでいた客の何人かがざっと近づいてくる。

皆《みな》、屈強《くっきょう》な体つきで、人相の悪い男たちだった。

中村は柚希の腕《うで》をつかんだままで、その男たちに言う。

「こいつ、俺のダチなんだ。で、こいつはいいとこの坊《ぼっ》ちゃんだから、きっといっぱい身代金《みのしろきん》が取れるぜ？」

「中村さん！　何を言ってるんですか？」

柚希はぎょっとなって叫《さけ》んだ。

しかし、次の瞬間《しゅんかん》には、男たちにがしっと両腕《りょううで》を取られて、身動きもできなくなる。

「グレアム伯爵《はくしゃく》、それにランドール公爵《こうしゃく》からも、取れるかもな。何せ、この人は公爵の愛人だからさ」

「中村さん！」

柚希は恐《おそ》ろしさに駆《か》られて叫んだ。

目をぎらつかせた中村は、すでに常軌《じょうき》を逸《いっ》しているように見えた。それに柚希を押さえた男たちの手は少しもゆるまない。このままでは本当に誘拐《ゆうかい》されてしまうかもと、底なしの恐怖にとらわれた。

「ふん、俺が誰《だれ》に殴られたか、知ってるか？」

中村は柚希のコートをわしづかみ、凄《すご》んでみせる。

「おまえのことを張らせていたパパラッチさ。あいつ、例の写真を掲載《けいさい》したせいで、公爵に徹《てっ》底的《ていてき》に追いまわされて、もう逃《に》げる場所も尽《つ》きたってさ。俺があの獲物《えもの》を狙《ねら》えと言ったせいでひどい目に遭《あ》ったと、散々殴られた」

柚希は悲しみで胸をいっぱいにしながら、中村を見つめた。

パパラッチにも関係していたとは、本当に信じられない。

日本人同士として、いいつき合いができればと思っていたのだ。そのうち友だちになれればいいと……。それなのに、信頼《しんらい》を根こそぎ奪《うば》われて、ただ悲しいだけだ。

「けっ、なんて顔してるんだよ？　俺に同情でもしてるのか？　おまえみたいなお坊ちゃんに何がわかる？　俺みたいに誰の助けも得られないやつは、自力でのし上がっていくしかないんだ。まっとうにやっていくだけじゃ、いつまで経《た》っても上にたどりつけない。ちょっと小遣《こづか》い稼《かせ》ぎをさせてもらっただけなのに、何が悪いって言うんだ？　上のやつはもっとあくどいことをやってるだろう？　え？　グレアムだってきたないことばかりじゃないか」

「……」

柚希は何も言えなくなって口を閉《と》ざした。

ノーマンには確かに自分も脅された。しかし、悪事に荷担するかどうかは自分自身で決めることだ。

「なんだ、その顔は？　俺を憐れんでいるのか？　けっ、もうたくさんだ！　あいつのところに連れていけ！」

中村の声で、男たちの手にいっせいに力が入る。

「待って！　誰か！」

柚希はずるずる引っ張られながら、懸命《けんめい》に叫んだ。

「あのパパラッチなら、俺よりずっとうまくおまえを使ってくれるさ。おまえと引《ひ》き替《か》えにすれば、あいつへの借りはなくなる。あとは知らん。じゃあな」

中村はひらひらと手を振《ふ》っているだけで、バーテンダーも見て見ぬ振りをしている。

もとから不良じみた者たちのたまり場なのか、ほかの客たちも助けにはならなかった。

「いやだ！　離《はな》せっ！」

羽交《はが》い締《じ》めにされた柚希は無理やり店から連れだされた。

外はすでにとっぷりと暮れており、通りにはほとんど人影《ひとかげ》もない。

道端《みちばた》には薄汚《うすよご》れたミニバンが停《と》めてあって、柚希は乱暴に中へと押しこまれそうになった。

どんなに暴れても、何人もの男が相手では逃げられない。

「いやだ！　誰か、助けて！　エドワード！　エドワード、助けてっ！」

掛け値なしの恐怖に駆られ、柚希は必死に声を張り上げた。

エドワードはまだ外国だ。こんな場所にいるはずがない。それがわかっていても叫ばずにはいられなかった。

だが、その時、突然《とつぜん》柚希を押さえていた男の腕が離れていく。

続けて響《ひび》いたのは、殴り倒《たお》された男たちがどさっと道端に転がる音だった。

「ユズキ！」

頼もしい声とともに、いきなり骨が折れそうなほどの勢いで抱きしめられる。

柚希は信じられずに、涙《なみだ》に濡《ぬ》れた目を見開いた。

「エド、ワード……？」

夢でも見ているのだろうか？

自分を抱《だ》きしめているのは確かにエドワードだ。ロンドンにはいるはずのないエドワードが

助けに来てくれた？

「無事でよかった。もし、おまえに何かあったらと思うと、気が気ではなかった」

「エドワード……どうして？　まだ出張の途中《とちゅう》じゃ……？」

柚希は逞しい胸にしがみつきながら、ぽつりと口にする。

何もかもがいっぺんに起きて、まだ状況《じょうきょう》がきちんと認識《にんしき》できなかった。

「東京のパーティーでライオネルに会ったことを覚えているか？　青灰色の目をした長身の男だ。オーランド伯爵」

「あ、はい」

その人物のことなら、彼に従っていた日本人の秘書らしき人とともに、鮮明《せんめい》に覚えている。

「ライオネルは昔からの友人だ。ああ見えて意外に顔が広い。だから行方《ゆくえ》をくらましているパパラッチを捕《つか》まえるための助言を得た。何日かかかったが、とうとう忌々《いまいま》しいパパラッチを追いつめたとのことだったので、予定を切り上げて急遽《きゅうきょ》ロンドンに戻《もど》ってきた。だがな、ロンドンに着いたとたん、おまえがアパートから抜《ぬ》けだしたという連絡《れんらく》に続いて、一番危ないパブに現れたという知らせだ。寿命《じゅみょう》が縮んだぞ。間に合わなかったら私は一生自分が許せなくなるところだった」

エドワードはそう言って、端整《たんせい》な顔を思いきりしかめる。

でも、柚希にはまだ腑《ふ》に落ちないことがあった。

「それじゃ、ぼくのことを監視《かんし》させていたのですか？」

「監視？　それは言葉が悪いぞ。おまえは怒《おこ》るかもしれないが、おまえの安全のために、ガードを張りつかせておいただけだ。すべてが片づくまで、おまえは私のそばに置いておくつもりだった。万一何かあっては大変だからな。しかし、おまえが東京で熱を出して、そうもしていられない状況だった」

「エドワード……それ、全部ぼくのために……？」

胸が大きく膨らんで心臓もどきどきと高鳴りだす。

「ああ、そうだ。ここから遠くないところに隠《かく》れていたパパラッチも捕まえた。これでおまえを脅《おびや》かすものは何もない」

整った顔にはかすかな笑みが浮かんでいた。

エドワードは心から愛しげに柚希を見つめている。青い瞳《ひとみ》に視線を奪われた瞬間、柚希の胸にも熱い思いが溢《あふ》れてきた。

何があっても、離れたくなかった。

誰に脅《おど》されようと、エドワードはこんなにも強く自分を守ってくれる。

だから、何と引き替えにしても、この温かな腕を離したくなかった。

「エドワード……好きです……あなただけを愛している」

柚希が震《ふる》える声で告げると、エドワードはまたぎゅっと抱きしめてくる。

「私もだ。おまえだけを愛している」

告白が耳に届いた瞬間、柚希は涙を溢れさせた。


「ユズキ、おまえを離せそうにない。熱を出して体調を崩《くず》したばかりだから、本当は自重しなければならないが……」

エドワードが困ったように顔をしかめて言う。

「もうそんなの平気です。ぼくも、……ぼくの方が、……抱《だ》いてほしい、から」

羞恥《しゅうち》のあまり切れ切れに訴《うった》えると、骨が折れそうな勢いで抱きしめられる。

ソーホーで危ないところを助けだされた柚希は、そのままエドワードのタウンハウスまで連れてこられた。そしてここはベッドルームで、ほかには誰の姿もない。

「ユズキ、おまえが欲しい」

ベッドに横たわった柚希を、エドワードは上から食い入るように見つめてくる。

柚希はうっすらと頬《ほお》を染めて頷《うなず》いた。

ほとんど同時に、エドワードの手で乱暴にシャツをはだけられる。続けざまに下肢《かし》からも、身につけていたすべてを奪われて、柚希はあっという間に生まれたままの姿となった。

もう夜も遅《おそ》い時間となっていたが、豪奢《ごうしゃ》なベッドルームには煌々《こうこう》と灯《あか》りがついている。明るい中ですべてをさらすことに、これ以上ない羞恥が湧《わ》いた。

「きれいな肌《はだ》だ。本当に手触《てざわ》りがいい」

エドワードは囁《ささや》くように言いながら、肌の上に手のひらを滑《すべ》らせてくる。

僅かな刺激《しげき》なのに、触《ふ》れられた場所から熱が生まれ、それが瞬《また》く間に身体中に伝わっていく。

「やだ、エドワード……くすぐったいっ」

身をよじって訴えると、エドワードがふわりとした笑《え》みを見せる。

「そうやって私を煽《あお》ると、また止まらなくなるぞ」

「だって……」

「何もかも、おまえのすべては私のものだ」

「あ……っ」

傲慢《ごうまん》に宣言されただけで、身体《からだ》の奥で疼きが生まれた。

中心が恥《は》ずかしげもなく芯を持ち、徐々《じょじょ》に勃《た》ち上がっていく。

エドワードは青い目を細めて、その変化を楽しんでいる。

「やだ、ぼくだけだなんて、恥ずかしい……っ」

柚希が思わず両手で顔を隠すと、エドワードはくすりと笑って、自ら着衣を乱した。

「ユズキ、目を開けろ。これでいいか？」

　エドワードは柚希の手をつかんで顔からどけながら、からかうように訊ねてくる。

　目を見開くと、エドワードの逞しい胸が迫《せま》っていた。何もかも脱《ぬ》ぎ捨てたエドワードの裸体《らたい》は、まるでギリシャ神話に出てくる神の彫刻《ちょうこく》のように美しい。

「エドワード……」

　頬を染め、ほうっと吐息《といき》をつくように名前を呼んだ瞬間《しゅんかん》、柚希はしっかりと抱きしめられた。

　今度は熱い素肌《すはだ》までが密着する。

　エドワードは柚希を抱きしめたままで、敏感《びんかん》な耳に囁きを落とす。

「かわいいユズキ、おまえだけだ」

「ぼくも、エドワードだけ……んっ」

　柚希の囁きは、エドワードの口にのみこまれていく。

　熱い舌が口中に滑りこみ、淫《みだ》らに絡《から》められた。

　エドワードは濃厚《のうこう》な口づけを続けながら、胸の粒《つぶ》にも指先を滑らせてくる。

　勃ち上がった乳首《ちくび》をきゅっと指でつままれて、柚希はびくりと背中をしならせた。

「んんっ、……ふっ、く……」

　エドワードはようやく口づけをほどき、そのまま首筋に舌を這《は》わせてくる。

　耳の下の敏感な部分を舐《な》められ、そのあと所有の印をつけるように、きつくそこが吸い上げられる。

「ああっ」

痛みが走り、柚希が思わず呻《うめ》き声を上げると、エドワードは同じ場所に舌を這わせてきた。

「ノーマンに触れさせただろう？　もう、二度とほかの男には触れさせるな。許さない」

「あ、エドワード……っ」

甘い声を上げると、エドワードの唇《くちびる》が徐々に滑っていき、やがて胸の頂に到達《とうたつ》する。そのまま胸の粒を口に含《ふく》まれた。

熱く濡《ぬ》れた感触《かんしょく》に包まれただけで、敏感な粒がきゅっと固くなる。それと同時に、身体の芯《しん》までじわりとした疼きが走り抜けた。

「あ、やっ……ふ、くっ……ぅ」

尖《とが》りきった乳首に舌を這わされると、ますますそこが甘く痺《しび》れる。

そのうえで先端《せんたん》をちゅうっと吸い上げられると、もうたまらなかった。

「ユズキは相変わらず、胸が好きだな……ここをかわいがっただけで達《い》ってしまいそうになっている」

エドワードにからかうように言われ、柚希は必死に首を振《ふ》った。

「やっ……だ、駄目《だめ》っ」

けれどエドワードは笑いながら尖った粒を揉《も》みこんでいる。

弄《いじ》られるたびに身体の奥で熱が溜《た》まった。

このままでは本当に、胸だけで達かされてしまうかもしれない。

柚希の中心は恥ずかしいほどそそり勃って蜜《みつ》をこぼしている。早くそこにも触れてほしい。

「もういや……っ」

柚希は両手でしっかりエドワードにしがみつき、ねだるように腰《こし》をよじった。

淫らでどうしようもないのはわかっていたが、止まらなかった。

「かわいらしいおねだりだな？　ユズキは短い間にずいぶんいやらしくなった」

にやりと笑われて、柚希はかっと頬を染めた。

「だって、全部、エドワードが……っ」

羞恥に耐えきれず、ふいっと横を向くと、またエドワードが楽しげにくすりと笑う。

「全部、私のせいか？」

エドワードは仕方ないなといった様子でゆっくり柚希の上に覆《おお》い被《かぶ》さってきた。

手を下肢に伸《の》ばされて、張りつめたものをやんわりと握《にぎ》られる。

「ああっ……んっ」

何度か上下に擦《こす》られただけで、柚希はいちだんと甘い吐息をこぼした。

「すごく濡れてきたぞ」

エドワードは意地悪く、溢れた蜜を指ですくい取る。

「やっ」

ぶるりと腰を震わせると、今度はその蜜を幹の部分に擦りつけられた。

何をされても気持ちがよかった。

やわらかく揉まれると、身体中に快感の波が伝わる。それと同時にまた乳首を含まれ、ちゅくりと吸い上げられる。

「やっ、ああっ」

怖《こわ》いほど感じているのに、まだ足りない。もっともっと近くでエドワードを感じたい。

柚希は両腕《りょううで》を巻きつけてエドワードの首に縋《すが》りつきながら、またねだるように腰を揺《ゆ》らした。

「かわいらしく催促《さいそく》されては仕方がないな。ユズキ、ちゃんと全部かわいがってあげるから、うつ伏《ぶ》せで腰も高くしなさい」

「やっ」

恥ずかしい命令に、柚希はすかさず首を振った。

それでもエドワードの手で強引にうつ伏せにされて、両足を大きく開かされる。

エドワードは広げた足の間に身体を割りこませ、手のひらでゆっくり双丘《そうきゅう》を撫《な》でまわしてくる。

なめらかな背中にも手を滑らされ、そのあと背骨に沿って舌も這わされた。

「……んっ」

エドワードの舌が動くたびに、身体の芯から甘い疼きが湧き上がってくる。

柚希は無意識にまた腰をくねらせて愛撫《あいぶ》をねだった。

足を大きく開かされているので、恥ずかしい蕾《つぼみ》が剝《む》きだしになっている。

「ここに欲しいのか、ユズキ？」

エドワードは意地悪く訊ねながら、入り口にゆるゆると指を這わせてくる。

柚希はひときわ大きく身体を震《ふる》わせた。

「や……っ」

そんな恥ずかしいことに答えられるはずがない。

けれど次の瞬間には、ぴちゃりと濡れた感触がそこに押しつけられた。

「あっ」

柚希はびくりとすくみ上がった。

エドワードがそこに舌をつけて舐めている。

柚希は死ぬほどの羞恥《しゅうち》で身《み》悶《もだ》えた。

「やっ、ああっ」

けれど、エドワードの舌で舐められるたびに、気持ちがいいと思ってしまう。

恥ずかしさでたまらず腰を揺らすと、さらに舌が強く押しつけられる。

「いやだ……し、舌、そ、んな……っ」

熱い舌の動きは止まらない。

とうとう中にまで挿《さ》しこまれ、ぬるりと恥《は》ずかしい内壁《ないへき》が舐めまわされた。

「ユズキのここは甘くてとろけるようだ。ひくひくと悦《よろこ》んでいる」

エドワードは散々舌でそこを舐めほぐしたあと、ようやく口を離《はな》した。そして舌の代わりに長い指を挿しこんできた。

とろけきった蕾は喜んでその硬《かた》い指をのみこんだ。

最初から迷いもなく柚希が一番感じる場所を抉《えぐ》られる。

「ああっ！」

背中をしならせ、高い声を放つと、エドワードはさらに何度も同じ場所を刺激《しげき》してきた。

「中が溶《と》けそうに熱くなっている。指一本じゃ足りないんだろう？」

首を振る暇《ひま》もなく、二本目の指が押しこまれた。蜜をこぼす中心にも手が伸ばされてあやされる。

「あく……っ、んっ、ぅぅ」

前後を同時に嬲《なぶ》られるとたまらなかった。けれど、柚希が達しそうになると、エドワードは意地悪く愛撫を止めてしまう。

「いやだ、エドワード……っ」

「なんだ、ユズキ？」

エドワードは優《やさ》しげな声で訊ねてくるが、焦らすつもりなのは明らかだった。

「やっ、もう……もう、達き、たい……っ」

柚希はエドワードの指をくわえたまま、無意識に腰を揺らして催促した。

それだけでもまた強い快感に襲《おそ》われて、もう息をするのも苦しくなる。

「欲しいのか、ユズキ？」

「んっ、欲しい……っ」

指だけでは我慢《がまん》できなかった。熱いもので身体中を埋《う》め尽《つ》くしてほしい。そうしてしっかりと抱《だ》きしめてほしかった。

「何が欲しい？」

「んっ……エドワード、の……が……っ」

柚希は恥ずかしさも忘れ、切れ切れに訴《うった》えた。

次の瞬間《しゅんかん》、後孔《こうこう》から乱暴に指が引き抜《ぬ》かれ、代わりに逞しい灼熱《しゃくねつ》が擦りつけられる。

「あ……」

熱い感触に思わず吐息《といき》をこぼすと、双丘をわしづかみにされる。

とろけた蕾に硬い先端が突《つ》き挿さり、柚希は一気に最奥まで貫《つらぬ》かれた。

「あっ……あああ……あ……」

いやというほど敏感《びんかん》な壁《かべ》を抉りながら、エドワードの灼熱が最奥までねじこまれる。

身体中を埋め尽くされた衝撃《しょうげき》で、柚希はあっけなく達していた。

勢いよく白濁《はくだく》を撒《ま》き散らしながら、ぎゅっと中のエドワードを締《し》めつける。

「ユズキ……ずっと私のものだ。愛している」

「あ……エドワード……」

信じられないほど奥深くまでひとつに繋《つな》がっていた。

背中からしっかり抱きしめられると、身も心も溶け合ってひとつになったかのようだ。

「ユズキ、二度と離さない！」

エドワードは狂《くる》おしく言って、いきなり杭《くい》を引き抜いた。

「あっ」

ひときわ強く敏感な場所が擦《こす》れて、息をのむ。

エドワードは強引《ごういん》に柚希の身体《からだ》を表に返して、再び大きく足を開かせた。

腰を抱《かか》え直されて、とろけきった狭間に再び杭を突き挿される。

「ああっ！」

とたんに、頭から爪先《つまさき》まで強い快感が走り抜ける。

それでももっと欲しかった。

もっと近くで隙間もなくしっかりと抱きしめてほしい。

「ああっ、エドワード……もっと……抱《だ》いて……っ」

熱く喘《あえ》いだとたん、エドワードは柚希を抱きしめ、いきなり激しく動き始めた。

最奥まで届かせたものをぐいっと引き抜かれ、また勢いよくねじこまれる。

「あっ……ああっ……あっ」

突かれるたびにエドワードと繋がっている部分が灼《や》けつくように熱くなる。

柚希は自分からも淫《みだ》らに腰《こし》を動かして、中に入れられた灼熱を貪欲《どんよく》に貪《むさぼ》った。

「ユズキ、もっとだ」

「あ、ふっ……ああっ、あっ、あっ……」

エドワードの動きがますます激しくなる。大きく揺さぶられて、柚希は懸命《けんめい》にエドワードにしがみついた。

柚希の腰を抱えこんだエドワードがひときわ強く最奥を突き上げる。

「くっ」

「ああああ――――っ……」

最奥に熱い飛沫を浴びせられ、柚希は再び高く上りつめた。

愛する人にしっかりと縋りついて、思うさま白濁を噴き上げる。

解放の衝撃で頭を朦朧《もうろう》とさせながらも、柚希はさらに力を込めてエドワードにしがみついた。

「ユズキ……愛している」

「もう離《はな》さないで……ぼくを、ずっとそばにいさせて……」

「ああ、絶対に離さない。ずっと一緒《いっしょ》だ」

甘い囁きとともに骨が折れそうなほどの勢いで抱きしめられる。

柚希はこれ以上ない幸せに包まれながら、ふうっと意識を手放した。

# エピローグ

肌《はだ》に触《ふ》れる空気はひんやりとしているが、気持ちよく晴れわたった日だった。

柚希はこの日、ランドール公爵《こうしゃく》エドワード・モーリス・レミントンとともに、グレアム伯《はく》爵《しゃく》家を訪《おとず》れていた。

柚希の母と伯爵が長い新婚《しんこん》旅行から帰国して、まもなくのことだった。

結婚披露《けっこんひろう》のパーティーがあってから、ここを訪れるのは初めてだ。

母は輝《かがや》くように幸せそうな顔で柚希を出迎《でむか》える。

「久しぶりね、柚希。ずっと元気にしていたかしら？」

「ええ。母さんも元気そうでよかった」

親子の挨拶《あいさつ》は和《なご》やかに済んだものの、ほかの人々はこうはいかなかった。

応接間に顔を揃《そろ》えているのは、グレアム伯爵、それにノーマンとネイサンの兄弟だ。

ランドール公爵は、グレアム家にとって長年の仇敵《きゅうてき》。それがパーティーなどの社交ではなく、個人で堂々と乗りこんできたのだから、三人の顔には隠《かく》しきれないとまどいがあった。

「とりあえず、おかけください」

グレアム伯爵が館《やかた》の主らしく、慇懃《いんぎん》に勧《すす》め、エドワードが軽く礼を言って鷹揚《おうよう》にソファにかける。

柚希は緊張《きんちょう》で身体を固くしながらも、そのエドワードの横に腰を下ろした。

巨大《きょだい》なソファセットはコの字に並べられている。グレアム伯爵と柚希の母はその中央に、そしてノーマンとネイサンの兄弟は向かい側に陣取《じんど》った。

皆《みな》が席についたのを見計らい、エドワードがゆったりとした調子で口を開く。

「グレアム伯爵、本日はご挨拶をと思い、お訪ねしました。ご存じのとおり、新しく伯爵の義理の息子になられたユズキ君ですが、私の社でお預かりしております」

「うむ……ユズキはよくやっているかね？」

「はい、とても仕事熱心で、おおいに期待しております」

「そうか、それはよかった」

柚希がちらりと様子を窺《うかが》うと、ノーマンもネイサンも苦虫《にがむし》を噛《か》み潰《つぶ》したような顔をしている。

あれだけ毛嫌《けぎら》いしていたエドワードが、堂々と敵方の城に乗りこんできたのだから、無理もなかった。

「それで、ひとつ伯爵に謝らなくてはいけないことがあります」

「ほお、なんでしょうな？」

伯爵は警戒《けいかい》を解かず、顎《あご》を擦《こす》っている。

横に座っている母は、にこにことしているだけだ。

「実は先日、ユズキを危ない目に遭《あ》わせてしまいまして、非常に申し訳ないことでした」

「危ない目ですと？」

「柚希がですか？」

エドワードの一言で、伯爵と母が同時に声を上げる。

エドワードは片手でそれを制して、再び静かに話し始めた。

「お恥《は》ずかしいことですが、ランドールでちょっとした情報漏洩《ろうえい》がありまして、ユズキをその騒《さわ》ぎに巻きこんでしまったのです。ユズキの同僚《どうりょう》がどこかの巨大企業《きょだいきぎょう》にそそのかされて起こした事件でした。犯人はもちろん馘首《かくしゅ》しましたが、警察沙汰《ざた》にはしておりません。今もまだロンドンにいるかもしれない。万一逆恨《さかうら》みなどされてユズキが傷つくことがあってはなりません。そこで、ユズキを守るためにも、私のタウンハウスに住まわせようと思っております」

「なんだと？　ユズキがそんな目に遭っているなら、即刻《そっこく》こちらに引き取るまでだ」

グレアム伯爵は怒気《どき》もあらわに吐《は》きだす。

しかし、エドワードはそこでひたとノーマンとネイサンの兄弟を見据《みす》えた。

「ご心配はごもっともです。しかし、ユズキにとって義理の兄となられた、こちらのおふたりには賛成していただけるのではないかと思うのですが」

柚希ははらはらしながら成り行きを見守った。

特有の威圧感《いあつかん》を発揮する男たちがにらみ合っている様には、恐《おそ》ろしささえ感じる。

けれど驚《おどろ》いたことにノーマンは、皮肉たっぷりな提案をしたエドワードに賛同した。

「父上、いいんじゃないですか。ユズキはもともとひとり暮らしが希望だったのだ。それにいったんランドールに預けたのだから、本人の好きなようにさせればいい」

言葉は冷たく響《ひび》いたが、今は賛成されたことだけを喜ぶべきだろう。

「ユズキ、おまえはそれでいいのか？」

「はい、伯爵。ぼくは秘書室に配属されました。勤務時間も不規則ですし、エド、いえ、公爵の家に住まわせてもらえば、とても嬉《うれ》しいです」

「うむ……」

伯爵は唸《うな》り声《ごえ》を上げたが、そばで母が顔を輝かせる。

「まあ、柚希、よかったわね。あなたがひとり暮らしをするの、なんとなく心配だったのよ。公爵のような頼《たの》もしい男性があなたをお守りくださるならば、これ以上のことはないわ」

愛する妻にそう言われては、伯爵も引っこむしかない。

裏でどんな手をまわしたのか、エドワードははっきりとしたことを教えてくれなかった。しかし、ノーマンとネイサンには最初からなんらかの形で釘《くぎ》を刺《さ》していたのだろう。

それから柚希は、中村がまだロンドンにいるらしいとの情報も聞いている。色々とあったけれど、中村にはいつかもう一度会えればいいのにと思っていた。もともと優秀《ゆうしゅう》な男だ。何か困っているようなら手を貸して、これからはしっかり地に足の着いた人生を歩んでいってほしいとも思っている。

「伯爵、そしてレディ・グレアム、ノーマン、ネイサンのご兄弟も、今度ぜひうちへお茶にご招待させてください。我々は二百年もの長い間、争ってきましたが、そろそろ和解のし時ではありませんか？　きっとここにいるユズキが、それを助けてくれます」

エドワードはそう言って、青い目を細めて柚希を見つめた。

眼差《まなざ》しには溢《あふ》れるほどの愛情が込められている。エドワードがこうしてわざわざグレアム家を訪れてくれたのも、すべて自分のためだ。

さりげなく手を取られ、柚希はその温かさに胸を熱くした。

エドワードが好き。

この人を愛している。

グレアム家の応接室だということも忘れ、柚希は熱い思いに胸を震《ふる》わせながら、エドワードの目を見つめ返した。

―― END ――

# あとがき

こんにちは。秋山みち花です。『公爵は甘やかな恋人』をお手に取っていただきまして、ありがとうございます。

ルビー文庫さんでは初めてのお仕事になります。イギリスを舞台《ぶたい》にした、甘いロマンス系のお話を書かせていただきました。

ごく普通《ふつう》の日本人青年が、イギリス貴族と運命的な恋に落ちる――。これぞ、まさに王道の「シンデレラ・ストーリー」ですね。本書では、それに少しだけ「ロミジュリ風味」もプラスしてみました。恋の甘さとせつなさ、両方をお楽しみいただければ幸いです。

秋山はBLの中でも色々な世界観で小説を書いておりますが、受け主人公にはひとつの共通点があるようです。一度自分の恋心《こいごころ》を自覚したら、あとはもう迷わない。一途《いちず》に攻め様を思い続けます。健気《けなげ》で芯《しん》は強い。なので、最終的に自分の行動は自分で決めます。そして最後までくじけません。

そういうわけで、本書の主人公、柚希《ゆずき》もけっこう頑張《がんば》ってます。途中《とちゅう》でちょっと意地を張っている部分もありますが、エドワードから見ると、それがまたかわいくて仕方ない。そんな感じでしょうか。

エドワードの方は、公爵という立場でありながら、巨大企業《きょだいきぎょう》の総帥《そうすい》としてがんがんお仕事もしております。優雅《ゆうが》さと強引さを併《あわ》せ持ち、柚希に対してはひたすら甘くて優《やさ》しい。これはもう、最強で完璧《かんぺき》な恋人ですね。自分で書いた作品ながら、柚希が本気で羨《うらや》ましくなります。

本書のイラストは高座朗先生にお願いしました。柚希はかわいい&きれいで、エドワードもすごく素敵《すてき》に描《えが》いていただいて、うっとりしております。ありがとうございました。

あと、本書ではおふたりの担当様にお世話になりました。編集部の皆様《みなさま》、制作に携《たずさ》わっていただいたすべての方にも感謝いたしております。ありがとうございました。

いつも応援してくださる読者様も、本書が初めての読者様も、ここまでおつき合いいただきまして、本当にありがとうございました。

次刊ですが、光栄にも連続で刊行していただくことになっております。ロマン系第二弾ということで、伯爵カップルのお話です。エドワード&柚希とは、かなり雰囲気の違った恋人同士になるはずですので、次刊もぜひよろしくお願いします。

秋山みち花　拝

二〇一〇年　十二月

秋山の商業誌&同人誌関係のお知らせはこちらまで■http://www.aki-gps.net/

KADOKAWA RUBY BUNKO

公爵《こうしやく》は甘《あま》やかな恋人《こいびと》

秋山《あきやま》みち花《か》

角川ルビー文庫　R141-1　16626

平成23年1月1日　初版発行

発行者——井上伸一郎
発行所——株式会社角川書店
東京都千代田区富士見2-13-3
電話/編集(03)3238-8697
〒102-8078
発売元——株式会社角川グループパブリッシング
東京都千代田区富士見2-13-3
電話/営業(03)3238-8521
〒102-8177
http://www.kadokawa.co.jp
印刷所——暁印刷　製本所——BBC
装幀者——鈴木洋介



ISBN978-4-04-455032-5　C0193　定価はカバーに明記してあります。